Colección
Breve Historia

Director: Gabriel Taboada
Títulos editados

Jorge Lagos Nilsson — BREVE HISTORIA DEL
PENSAMIENTO SOCIAL

Patrick Orpen Dudgeon — BREVE HISTORIA DE LA
LITERATURA INGLESA

Juan Carlos Zuretti — BREVE HISTORIA DE LA
EDUCACIÓN

Héctor Julio Martinotti — BREVE HISTORIA DE LAS
IDEAS POLÍTICAS

Cármen Balzer — BREVE HISTORIA DE LAS
IDEAS RELIGIOSAS

Luis Farré — BREVE HISTORIA DE LA
ESPIRITUALIDAD

Mario C. Russomanno — BREVE HISTORIA DEL
DERECHO ROMANO

Alberto Guillermo Bellucci — BREVE HISTORIA DE LA
ARQUITECTURA

Juan Domingo Perón/ — BREVE HISTORIA DE LA
Eugenio P. Rom — PROBLEMÁTICA ARGENTINA

Breve Historia Claridad

Alberto Guillermo Bellucci
Breve Historia de la Arquitectura Tomo 2.

Osvaldo Svanascini
Breve Historia del Arte Oriental

Dick Edgar Ibarra Grasso
Breve Historia de las Razas de América

María Laura San Martín
Breve Historia de la Pintura Argentina

Norberto Anaut
Breve Historia de la Publicidad

Cayetano Bruno
Breve Historia Eclesiástica Argentina

Julia V. Iribarne
Breve Historia de la Filosofía

Alberto J. Vaccaro
Breve Historia del Teatro Clásico

Ricardo Avenburg
Breve Historia del Pensamiento de Freud

José Antonio García Martínez
Breve Historia Conceptual del Arte

Vicente Gesualdo
Breve Historia de la Música Argentina

Enzo Valenti Ferro
Breve Historia de la Ópera

Patrick Orpen Dudgeon
Breve Historia de la Humanidad

Héctor Tanzi
Breve Historia de la Historiografía Argentina Contemporanea

Alberto J. Vaccaro / Alfredo J. Schroeder
Breve Historia de la Literatura Latina

Breve Historia Claridad

Breve Historia
de la
Problemática Argentina

I. S. B. N.: 950 - 620 - 056 - 4

LIBRO DE EDICIÓN ARGENTINA

© *1989. EDITORIAL CLARIDAD S. A.*

Queda hecho el depósito que establece la Ley 11.723

PRINTED IN ARGENTINE
IMPRESO EN LA ARGENTINA

Distribuidores Exclusivos: Editorial Heliasta S. R. L.
Viamonte 1730 - 1er. P. - 1055 - Buenos Aires - Argentina

Breve Historia Claridad

EUGENIO P. ROM

Breve Historia de la Problemática Argentina

Juan D. Perón

Compilado por
Eugenio P. Rom

Editorial Claridad S. A.

Viamonte 1730 1º Piso, (1055)

Buenos Aires, República Argentina

Breve Historia Claridad

NOTA PRELIMINAR

Este libro conforma una excepción al método de la presente **COLECCIÓN**: formada casi exclusivamente por obras encargadas.

Publicado por primera vez en el año 1980 con el nombre "Así hablaba Juan Perón" -título con connotaciones del libro canónico de Nietzsche- este resumen experimentó varias ediciones y fue incorporado a las bibliografías de reconocidos autores como Page, Robert Potasch y Alain Rouquié.

Por ser, en esencia, una sucinta y aguda visión de asuntos y aspectos atinentes a la Argentina, la incorporación a la **COLECCIÓN BREVE HISTORIA** se dio en forma casi natural y con un título acaso más apropiado que lo rescata para las venideras generaciones.

Es esta una obra donde surge viva y plena la didáctica palabra de quien fuera el político argentino más importante del siglo XX y uno de los más notables del panorama mundial.

Profesor de Historia Militar en la Escuela Superior de Guerra y autor de unos "Apuntes de Historia Militar" ya clásicos en la bibliografía argentina, Perón fue colaborador en la monumental "Historia de la Nación Argentina" dirigida por Ricardo Levene.

Se acepten o no muchos de los enunciados históricos expuestos aquí, lo cierto es que este libro es un documento vivo que se agrandará con el paso del tiempo.

Los azares del destino han querido que el Licenciado Eugenio P. Rom fuese el compilador de la ahora BREVE HISTORIA DE LA PROBLEMÁTICA ARGENTINA. Rom queda unido así a una figura central de nuestra historia, a la manera de un Las Cases criollo.

A partir de ahora los estudiosos de la historia patria podrán contar nuevamente con este manual que sintetiza el pensamiento histórico de Perón. Quienes deseen pues llegar hasta las raíces de la doctrina justicialista tienen aquí el más magistral ingreso.

G.T.

INTRODUCCIÓN

Era la tarde de un lunes y fui por compromiso. Estaba en Madrid "haciendo tiempo" debido a que me habían dado una entrevista con un alto funcionario español para la semana siguiente.

Era la primavera del año '67, ideal para recorrer las playas españolas, pero mis recursos no lo permitían. Así que tuve que esperar esos días en la capital.

Aceptaba cualquier invitación que se me hiciera, y esta fue una de ellas.

Tenía un amigo en la Embajada argentina.

Ese día me dijo: "Estamos todos invitados a una recepción que hay en un diario... La da el director que es un tipo que conoce a todo el mundo; si nos aburrimos nos vamos y ya está. No hay ningún compromiso".

"Bueno", dije, "está bien, yo voy". De todos modos cuando empezó a hablar ya había decidido aceptar.

Fuimos todos juntos. Temprano. Había poca gente cuando llegamos. Estaba realmente aburrido.

Propuse irnos y se me respondió que debíamos esperar un poco más.

Estaba estudiando la mesa de fiambres, que todavía no se habían servido, cuando se acercó mi amigo y me dijo por lo bajo: "Nos vamos. Todo el personal de la Embajada se retira. En la puerta está Perón".

A mí me había tentado la mesa de fiambres, aún no había tomado ni comido nada. Además, me entraron unas ganas terribles de ver a Perón de cerca.

Lo había visto mil veces de chico, en el cine, en los noticiosos, en los diarios y revistas. Había escuchado su voz por la radio. Pero esto era realmente nuevo, distinto; una ocasión excepcional.

La verdad es que no iba a dejar pasar la oportunidad. Así que le dije a mi amigo: "Yo no soy de la Embajada. Me quedo. En todo caso te veo más tarde en el Gijón". Este era un "café" al que íbamos bastante a menudo.

El personal diplomático argentino, se retiró apresuradamente. Prácticamente se cruzaron con Perón, que iba subiendo, solo, la escalera, sin saludarse, por supuesto.

Yo había conseguido colocarme al lado de la mesa de fiambres, posición que no estaba dispuesto a abandonar, pese a que estaba entrando bastante gente.

Perón se hallaba a tres metros de mí, hablando con dos señores que, tuve la impresión, eran los directivos del diario. Los mismos que nos habían recibido cuando llegamos con el personal de la Embajada.

Lo observé con atención. Pensaba que era curioso que hubiese tenido esa rara oportunidad de ver a Perón tan de cerca. Realmente una suerte.

El general, se dio vuelta dos veces y miró

para mi lado. Supuse que buscaba la mesa de los "refrescos". Al cabo de unos minutos, se despidió de los señores españoles y se dirigió hacia el lugar en que estaba "constituido" yo.

Se paró al lado mío y se sirvió un vaso de jugo de frutas.

De golpe me miró sonriendo y me dijo: "Usted es argentino, ¿no?"

El tono había sido muy amable, lo que me infundió cierta tranquilidad. Diría que me puso "cómodo" de entrada.

"Sí general" contesté, agregando, estúpidamente: "¿cómo se dio cuenta?".

"Vea, mi amigo, yo a los argentinos 'los huelo' de lejos", me dijo. Y agregó: "además usted es notoriamente argentino".

Tenía razón. Yo con mi gomina, mi traje de tres botones y mis mocasines, era realmente un prototipo de argentino.

Nos reímos los dos al mismo tiempo; yo sentí que se habían roto todas las barreras que me separaban de una figura tan discutida y de tanto peso en la vida nacional nuestra. Estaba tan cómodo, como con un viejo amigo.

Allí, en Madrid, lejos de la patria común, en

una reunión llena de gente desconocida, aislados de lo que ocurría a nuestro alrededor, estabamos Perón y yo.

En la Argentina gobernaban los militares, con el general Onganía a la cabeza.Habían hecho saber por uno u otro medio, que su permanencia en el poder, se prolongaría por unos diez años, por lo menos.

De modo que la política, estaba totalmente congelada.

Además a los españoles, que tenían una gran simpatía por Perón por razones históricas, pero que no les interesaba demasiado aparte de ese aspecto, les tenían bastante sin cuidado las perspectivas políticas de nuestro lejano país.

El mundo político local lo trataba con deferencia, pero eso era todo cuanto hacía por ese "general argentino" que no tenía realmente mucho que ver con ellos.

Hablamos de la Argentina y del momento que estábamos pasando. De más está decir que consideró muy negativa la toma del poder por parte de los militares: "Otra vez el automóvil al taller" sentenció.

Como al pasar dije: "General, yo tengo un amigo en común con usted, un amigo muy amigo".

"¿Ah sí?, ¿Quién?" dijo.

"José María del Carril".

"José María: pero si es muy amigo mío y de Isabel. Sobre todo de Isabel, que se la pasan conversando cuando viene de visita".

"Este año no ha venido a visitarnos. Todos los años lo hace. Cuando vuelva a nuestro país dele un reto de nuestra parte".

"Así lo haré", dije.

Indudablemente la mención del amigo común influyó en su actitud hacia mí, porque inmediatamente me pidió la señas de mi hotel y quedó en llamarme para invitarme a almorzar en Puerta de Hierro.

Así quedamos y se despidió confesando: "no me gustan mucho estas reuniones, pero uno tiene que cumplir, yo creo que ya puedo irme".

Permanecí unos minutos más en mi privilegiado lugar junto a la mesa, dando cuenta de los "entremeses", "tapas" y "bocadillos" que no había podido comer durante la con-

versación, para no hacerme un lío entre el diálogo y la comida. Error que mucha gente comete y complica toda la conversación.

Me retiré luego, y fui al Gijón. Allí había varios amigos discutiendo no sé que banalidad y me senté entre ellos.

No me interesaba para nada la discusión y asistí corno distraído. Lo único que pensaba para mis adentros era: ¿me llamará realmente Perón, para almorzar?

Por supuesto que no le conté a nadie mi episodio en la reunión. Si Perón no me llamaba, era como un "papelón" y nadie me iba a creer la historia.

"Cómo te fue?" me dijeron.

"Bien" contesté.

Ahí quedó la cosa.

Pasaron tres días. Yo me había acostado a las cinco de la mañana y estaba profundamente dormido cuando sonó el teléfono. Eran las ocho.

Una secretaria, me avisó: "Señor Rom, un segundito que le va a hablar el general Perón".

Yo tenía la cabeza hecha "un bombo", pero

se me aclaró en un segundo. Cuando escuché la voz de Perón, ya estaba con todas las luces encendidas.

Me invitó para ese mismo día. Debía llegar a las doce. El único invitado era yo.

Me preguntó si sabía llegar a la quinta "17 de Octubre" y yo le dije que no se preocupara que la iba a encontrar preguntando.

Tomé un taxi a las once, para llegar con tiempo y por si me perdía.

Al llegar a Puerta de Hierro, no fue nada difícil ubicar la quinta. Los vecinos del barrio la conocían muy bien.

Me enteré de que mucha gente pasaba por la puerta para espiar, en auto y a pie. Pero que era imposible entrar sin la autorización, previa, de adentro.

Por supuesto que llegué media hora temprano y tuve que dedicarme a recorrer el barrio.

A las doce en punto me presenté a un guardia civil de la custodia de la puerta y le dí mi nombre. Miró un papel e inmediatamente abrió una puerta lateral del gran portón de entrada.

En un banco del jardín, sentado, me estaba esperando Perón.

*Se levantó, vino a mi encuentro muy cordial-
mente y me hizo pasar a la casa.*

*Diré al pasar, que la quinta "17 de Octubre",
no es de las mejores del barrio residencial de
Puerta de Hierro. Es una muy buena casa con
un gran jardín y muchos árboles y plantas, todo
muy bien cuidado, pero en ese barrio hay casas de los diplomáticos y "jerarcas" españoles,
bastante más grandes y de más lujo.*

*Una vez adentro de la casa, noté en el hall
de entrada, cerca de una escalera, una imagen
de la Virgen de Luján.*

*La casa era espaciosa y limpia. Muy bien te-
nida. Todo en un ambiente de sobriedad. Sin
lujo, pero muy confortable.*

*Me hizo pasar al escritorio, en la parte baja. Allí
me invitó a acompañarlo con una taza de mate
cocido.*

*Había un estilo militar en todo esto. En la ca-
sa, en el jardín, en la limpieza, en la Virgen de
Luján y en el mate cocido.*

*No sé como explicarlo, pero se advertía un
clima militar que rodeaba a Perón, aunque él
personalmente no fuera nada militar. Ni en sus
modales, ni en sus actitudes y ni en su lenguaje.*

Nos sentamos y empezamos a conversar. Es decir él empezó a hablar; yo a escuchar.

En mi primera visita, tomé apuntes de lo que me decía.

En la siguiente entrevista le pedí permiso para "grabarlo". Me dijo que sí y de ese modo, pude escuchar muchas reflexiones y relatos realmente invalorables.

Hice dos viajes más a España, y en ambos fui a visitarlo. Siempre me recibió con el mayor afecto y estuvo a mi disposición para mis grabaciones.

Muchas veces conversábamos caminando, dando un paseo. Otras, la mayoría, en el escritorio de la quinta.

Tocamos todos los temas. No hubo nada que yo no preguntase. Y la verdad es que no hubo nada que él no respondiese. No eludía ninguna respuesta. Por lo menos a mí.

Al comenzar la década del '70, dejé de ir a España. Pero esa, ya es otra historia.

Perón era un hombre alto; más bien grueso, que se movía con una gran agilidad. Se notaba que había sido deportista.

Transmitía una tremenda corriente de simpatía a su alrededor. Era imposible que esto hubiera pasado inadvertido para nadie, como era imposible también, que él pasase inadvertido en ninguna parte. Poseía, en aquel entonces, el pelo bien negro. Con pocas canas en las sienes.

El cutis de sus mejillas, estaba surcado por muchas venitas que resaltaban al mirarlo de cerca.

Tenía apostura. Algo del Gardel de los retratos de su buena época. Pero con un aire más "campechano", a la manera de los hombres de nuestro campo. Había algo en él que decía que ese hombre era de nuestra tierra y no de ningún otro lugar.

Era indudablemente "muy argentino".

Cultural y espiritualmente era un hombre del Mediterráneo, algo de italiano, de español y de francés. Digamos, un prototipo de "latino". Esto, por su forma de encarar las cosas, parecía tenerlo muy en cuenta.

Hablaba de estos países como de algo más cercano a nosotros.

No así cuando se refería a los países "ger-

mano-sajones". Los veía con una especie de recelo. Como si algo inconveniente esperase permanentemente de ellos. Así nuestra cultura y civilización greco-romana, no les pertenecía del todo a ellos.

La mentalidad de Perón nunca pudo comprender los horrores que se cometieron durante la Segunda Guerra Mundial; era curioso, que dada su formación militar, no pudiera soportar la idea de la violencia.

Sus modales personales eran de una gran amabilidad. Pocas veces he conocido una persona tan bien educada en el trato cotidiano.

Merece un párrafo aparte el poder que ejercía su simpatía personal. No era un simple "hombre político" que trata de caer bien. No. Era mucho más que eso. Era la simpatía hecha persona.

Es absolutamente imposible que alguien que haya tenido la oportunidad de tratarlo personalmente, no haya sentido el impacto de esa simpatía. Esto aparte del "plano político" y sin tener en cuenta la impresión que causaba su tremenda personalidad.

Cuando hablaba jamás leía. Simplemente expoía. Como si fuese un profesor en una clase con sus alumnos.

Dueño de una memoria asombrosa, había momentos en que yo no podía creer que lo que me estaba diciendo no lo estuviera leyendo en esos momentos. Tal vez fuera la influencia de sus años de profesor en la Escuela Superior de Guerra. Fue profesor de Historia y de Estrategia.

Si alguna vez demoraba una respuesta, no era que estuviera vacilando. Jamás vacilaba. Era que estaba buscando la forma de hacer más fácil de comprender su "concepto". Concepto que siempre era el resultado de un profundísimo razonamiento.

Porque esa era su fundamental virtud intelectual y su mayor demostración de inteligencia: su tremenda capacidad de "razonar".

Y de ese razonamiento surgía la brillante luz de sus ideas.

Y de sus ideas sus pensamientos.

Y de sus pensamientos su Doctrina Nacional.

Resultaba difícil mantener el hilo de un mis-

mo tema de conversación. Muchas veces arrancábamos con un tema y terminábamos con otro distinto. Fue por eso, que para poner un poco de orden, he tenido que coordinar las charlas de un día con las de otro y en diferentes entrevistas.

Esto ha resultado una tarea bastante difícil, pero creo que he logrado un grado de armonía medianamente aceptable.

Debo agregar que en una de nuestras entrevistas, nos acompañaba una persona de nuestra común amistad. Esta amiga pudo grabar una cinta sumamente extensa y ha tenido la deferencia de facilitármela, cosa que me ha resultado sumamente útil y que agradezco en este momento.

En la Visión Retrospectiva que hace de nuestra historia, no se me escapa que hay "claros" notorios. Hay episodios y personajes que no aparecen aquí y que han sido, indudablemente, muy importantes en nuestra historia.

Con respecto a esto, yo lo siento mucho, pero no puedo hacer nada por subsanarlo. Si Perón no tocó "ese asunto" es cosa de él. Yo cumplo en transcribir exactamente lo que *él dijo. No más de allí.*

Por ese tiempo, Perón estaba mentalmente en su mejor momento. Maduro y muy lúcido.

Si algunos párrafos aparecen reiterativos, es porque así está en el original. No debemos olvidar que esto es una charla. Sin correcciones o "retoques" como suelen tener los libros de los escritores. Yo no soy escritor.

Hay algunas épocas del pasado y de su propia vida política que las toca muy por arriba. Otras directamente las "salta". Será porque no le interesaba el tema o porque no hacía a la cosa que quería demostrar. O simplemente porque no le dio la gana tratar ese tema. La verdad es que no lo sé, pero en todo caso ya es tarde para solucionar ese detalle.

En cambio, hay temas que aparentemente fueron "tabú" durante años y que se suponía que no se podía hablar de ellos, que aparecen tratados con una gran naturalidad.

No debemos olvidar, que el que habla aquí no es simplemente el político. Un hombre que expone "para los diarios" o hace declaraciones "para la televisión", movido por un criterio puramente circunstancial. El hombre que ha-

bla aquí, es un "amigo". Un amigo que aconseja. Un hombre ya mayor que explica las cosas a un hombre joven que, por su edad, podría ser su hijo.

Sencillamente. Sin malicia. Con un lenguaje llano y familiar, de "entrecasa".

A veces pienso si realmente él supuso que algún día esos "pensamientos" se iban a volcar en un libro. Nunca hablamos de esa posibilidad.

Otras veces advierto que Perón siempre lo supo. Y sin decirme que se lo había propuesto, me "dejó" su pensamiento como un "mensaje de futuro". Como un mensaje "póstumo", sin que yo mismo lo sospechara. Perón tenía un poder tan grande sobre las personas, que tal vez hoy, en estos momentos, estoy cumpliendo con un "mandato" que me dejó en el subconciente hace varios años. Porque no sé hasta que punto me pertenecen. Cosas que, tal vez "me dejó" para que se conocieran a su debido tiempo. Cosas de las que no habló con otra gente o que al menos no he visto publicadas y debo suponer que se ignoran.

Pensamientos que, por no pertenecerme,

no tengo derecho a silenciar. Porque, en cierta forma, vendría a ser un depositario desleal.

Esta publicación se detiene prácticamente en el año 1970. No trata ninguno de los acontecimientos que siguieron a esta fecha. Aquí no se "juzga" nada de lo que ocurrió con posterioridad.

Hay un encuentro final en Buenos Aires, pero que no hace absolutamente a la esencia de lo que antecede.

Debo recordar, para mejor ubicarnos, que Perón en ese tiempo, estaba bastante abandonado por sus compatriotas.

Visto desde la época actual, resulta a mucha gente muy fácil de explicar todo lo que aconteció después. Pero no es así. De ningún modo. Ahora resulta que "todo el mundo sabía" que Perón iba a retornar al gobierno de su patria. Mentira. Eso es absolutamente falso. La verdad es que nadie imaginó el desenlace. Ni siquiera Perón. El panorama político de la Argentina, estaba por esos años, absolutamente "cerrado". Y por muchos años, aparentemente. Todo parecía indicar que habría gobiernos militares por muchos años más. Y a esos gobiernos militares, los seguirían otros gobiernos civiles pero condicionados por los militares.

El que me diga que en esos momentos veía el retorno al gobierno a corto plazo, por parte de Perón, es simplemente un imaginativo con propensión a fabular.

La verdad es que Perón estaba solo y prácticamente abandonado en Madrid. Los partidos políticos estaban disueltos por decreto y hablar de elecciones futuras era sacar patente de demente, con toda seguridad.

Además Perón "estaba tan lejos" y era "muy difícil verlo".

Y eso no era todo. Se comentaba que el gobierno militar tenía informantes que le "pasaban" la lista de los visitantes de la "terrible" quinta, y estos eran colocados en una lista negra. Y pobres de los que de alguna forma, por empleos o servicios, dependían del gobierno.

Esto no era cierto, pero la gente lo creía.

Así se explica un poco la soledad de Perón en esos días, y también explica mucho, el predicamento ante él que adquirieron las pocas personas que permanecieron a su lado.

En este caso no incluyo a Isabel. El caso de Isabel es un caso de amor y compañerismo realmente maravilloso. Desde la primera hora del exilio estuvo a su lado. Sin esperar nada a cambio, ya que nada cabía esperar en esos momentos.

Así también, esto explica el tiempo y la atención que me dedicara a mí personalmente, en aquellos lejanos días.

Mientras, en la Argentina, algunos lo olvidaban, otros lo traicionaban. Y muchos de sus partidarios, no tenían ya la esperanza de un triunfo final. La mayoría seguía luchando más por una cuestión de lealtad que por una cuestión de fe. Fundamentalmente una cuestión de lealtad personal para con el general.

Así, en ese clima tan especial, surgía este diálogo. Que más que un diálogo era una "confidencia". Una confidencia hecha a alguien del que no se espera obtener nada y que por eso, precisamente, es mucho más valedera.

Por aquel entonces Perón viajaba mucho, fuera de España o dentro de la propia península. Generalmente sus viajes eran guardados en el mayor secreto posible. Esto, por múltiples razones. En países como Francia, Italia o Alemania, trataba de pasar inadvertido.

Mantenía "contactos" con gentes del pensamiento político y filosófico de toda Europa. Estaba perfectamente al tanto de todo lo que acontecía en el mundo y tenía una visión bien clara de lo que pasaba.

En sus comentarios sobre El Futuro, al final de este trabajo, vamos a ver el resultado del análisis que hace de sus valiosas experiencias.

Con respecto a esto, hay veces que pienso y dudo si realmente se dimensiona el crimen de desperdicio que se cometió contra el país, al condenar al ostracismo, al hombre que estaba en condiciones de hacer un aporte de experiencia y conocimientos tan grande y de tanta utilidad, como era el caso de Perón.

Pero de lo que sí estoy seguro es de que hubo un verdadero y muy bien organizado "complot", que tuvo por objeto marginar de su suelo, al hijo de nuestra patria que más autoridad y capacidad tenía para aportar a su conducción.

La gente, en general, no tiene una idea bastante clara de lo que puede ser un exilio. Se imaginan a los ausentes como una especie de turistas por tiempo indeterminado. No es así. Quien haya estado un tiempo más o menos prolongado lejos de su tierra, sabe muy bien que no es asunto nada fácil de sobrellevar, por motivos económicos y sentimentales. Ambos pesan mucho; mucho más de lo que se piensa. Si se agrega la sensación de que no existe un límite previsible a esa ausencia, peor.

A simple vista parecería una tontería decirlo, pero fueron muchos años. Y esos años tenían meses. Y esos meses días. Y los días horas y minutos.

Hay que pasarlos, sólo, muchas veces... esperando.

Mientras tanto, la vida se va. El tiempo no vuelve. No se pueden hacer reservas de tiempo.

Y toda la apuesta de una vida jugada a una carta. Mirando el final. Un final que no llega y que tampoco nos animamos a apurar. Por miedo a echar todo a perder, por impaciencia.

Años y años de paciencia. De paciencia y tra-

bajo.

Años que no son nuestros, sino de otros. De todos los que depositaron su esperanza y su confianza en nosotros. En nuestra paciencia.

No. No fue nada fácil. De eso pueden estar seguros.

Con respecto a la exposición que hace Perón del proceso argentino, se ve con claridad, que en su relato, todo está encaminado para llegar a un punto fundamental.

La presentación con la mayor claridad posible, de los orígenes de intenciones de la oligarquía. Es con ese claro motivo que se remonta al nacimiento de nuestra Patria.

Recorre a vuelo de pájaro y en una muy apretada síntesis, todo el acontecer histórico nacional, para explicar el "desenlace final".

El relato, si bien es cierto que está asombrosamente informado, lleva lo más brevemente posible el hilo de las cosas, hasta el momento histórico en que una facción, se apodera del país.

Ese reducido núcleo, se organiza sólidamente y le impone su conducción a la totalidad del acontecer nacional.

Perón explica su origen, su conducta histórica y su vigencia actual.

Quien conozca a Perón, sabe perfectamente que jamás usó un término al azar. Al calificar a ese grupo como "oligarquía", se ciñó estrictamente a la definición de la Real Academia de la Lengua Española, que dice: "Gobierno de pocos. Es cuando algunos poderosos se aúnan para que todas las cosas dependan de su arbitrio, que es el vicio y que suele degenerar en aristocracia".

Justamente, hablando con Perón del tema histórico inicial, un día le pregunté por qué durante sus gobiernos no se había hecho una revisión a fondo de nuestra historia nacional y se había dado a conocer la verdad del proceso dando por tierra con el fárrago de mentiras con que se deforma a las mentes juveniles de los estudiantes.

Perón me tomó de un brazo, como quien da una explicación que quiere que se comprenda "muy especialmente" y me expuso este panorama.

En aquel entonces, la prioridad número uno del Movimiento Nacional, era la dignificación *social del pueblo. A esto estaba dedicada la totalidad de las energías del gobierno.*

Era fundamental la "organización" y la "elevación" de la clase trabajadora. Era fundamental para prepararla para la lucha y hacerla inexpugnable. De ello dependía la supervivencia de todo el movimiento.

Y si el movimiento no sobrevivía, de nada servía hacer ninguna "revisión". Al día siguiente de nuestra retirada, la tirarían al canasto.

Por el contrario, la supervivencia del movimiento obrero organizado garantizaba para el futuro todo el proceso.

Y la verdad es que así fue. Fue una tarea larga y prolija. No se podía correr ningún riesgo respecto a su culminación con felicidad.

Abrir un segundo frente en lo cultural y crear un foco de polémicas hubiese sido muy inoportuno y tal vez, contraproducente. Ya habría tiempo más adelante de "poner las cosas en orden" en ese terreno.

De todas formas, la clase trabajadora era intuitivamente receptiva del problema. En todos los sindicatos campea un espíritu nacional, que los distingue y los identifica entre sí.

Cualquiera puede ver que el pueblo trabajador ignora y desprecia espontáneamente a toda la galería de próceres de papel que nos ha endilgado la oligarquía por medio de la historia oficial.

No se verá ninguna biblioteca, salón o campo deportivo de un sindicato que lleve el nombre de alguno de esos próceres.

Cuando se produzca el retorno al gobierno, nos ocuparemos de ese problema.

Efectivamente, así fue. Durante el tercer gobierno de Perón, años después, se inició un movimiento de "revisión" de todo el proceso histórico argentino.

No se pudo llegar hasta el final, debido a la interrupción de la empresa por la muerte de Perón.

Otro de los temas "tabú" que tocamos fue el de Evita.

Me habían advertido que no convenía hacerlo, pero un día junté confianza y le pregunté.

Me dijo sí, que no le gustaba hablar de ella "porque se emocionaba demasiado".Pero añadió: "La quise enormemente" fueron sus pala-

bras finales y no se tocó más el tema. A su turno, están sus palabras completas.

Estas y otras muchas cosas, están más adelante en la parte en que hablaba directamente Perón.

Porque el Perón que aquí expone, está en el mejor momento de su vida intelectual.

Tenía entre los 70 y los 74 años y si bien no es esa la edad del máximo rendimiento, sí lo es en lo que a sabiduría humana se refiere.

Todo esto es muy importante y debemos tenerlo muy en cuenta. Estaba "de vuelta" en muchas cosas y estaba "de ida" en otras.

Sobre todo en las cosas nuevas, como la exposición sobre ecología que encontraremos al final de este trabajo.

De más está decir que no pretendo que éste sea un libro doctrinario. Ni que agote el tema del pensamiento de Perón.

Ni mucho menos es un libro estrictamente biográfico. Eso quedará para otros. Lo que sí pretendo, es que este trabajo abarque un panorama del pensamiento de Perón, lo más amplio posible.

Sus inquietudes, sus creencias y sus convicciones. Si no dice más, es porque más no me dijo. Y si lo que aquí transcribo no le gusta a alguien, lo siento, pero nada puedo hacer para remediarlo.

Porque así. Así como se lee de aquí en adelante.

Textualmente. Al pie de la letra.

Como a mí me lo dejó dicho.

ASI HABLABA JUAN PERÓN

EUGENIO . P. ROM

LA PATRIA

Vea amigo, el origen de nuestra patria es sumamente complejo, pero, dentro de esa misma complejidad, se destaca netamente la influencia del factor militar.

El Virreinato del Río de la Plata, del que surge luego lo que se fue convirtiendo en República Argentina, tiene su razón de ser, en la necesidad que tuvo la corona española, en contener el avance permanente de nuestros vecinos, los territorios portugueses del Brasil, sobre los territorios españoles del Río de la Plata.

De aquel primitivo Virreinato, surgieron, no sólo la Argentina, sino también el Paraguay, Bolivia y la República Oriental del Uruguay.

El rey Carlos II de España, aconsejado por sus ministros Gálvez y Floridablanca, crea en el año

1776 un conglomerado regional, de neto corte militar. A su frente coloca a uno de sus mejores generales: el teniente general Cevallos que ocupara anteriormente la Gobernación Militar de Madrid. Marcha a su nuevo destino administrativo-militar, al frente de una muy importante flota y de 2.000 hombres de tropa. Cantidad formidable en ese tiempo, especialmente por tratarse de una colonia.

Que esto quede en claro es muy importante. Porque demuestra que desde nuestro nacimiento como realidad racial y geográfica, recibimos el mandato y la responsabilidad de luchar. Y de hacerlo en un determinado sentido. Y con un enemigo perfectamente individualizado.

Vinieron después otros virreyes. Otros gobernantes, directores, presidentes, gobernadores, etc. Pero la lucha fue siempre la misma. Y el rival también.

A los pocos años, nos encontramos con la Revolución Francesa y la ocupación por parte de Napoleón, de la mayor parte de Europa. España también cae en la volteada. Esto trae una primera consecuencia: las invasiones inglesas.

Al ver desguarnecida la América, Inglaterra trata de quedarse con lo que pueda. Si puede ser con todo, mejor. Si no con algo será. Hacía unos pocos años que acababa de perder sus colonias más importantes en América del Norte y trataba de resarcirse.

El intento le falló por dos veces, pero le dejó una experiencia muy importante, que con el tiempo le daría los mejores frutos.

En cuanto a los criollos, les deja una conciencia de su propio valer civil y militar, que resulta ser, sin duda alguna, el origen inmediato del movimiento de 1810.

Esto, además de la siembra de ideas comerciales que dejan los ingleses, que con el tiempo se convierte en el acicate y motivo fundamental de la declaración de la independencia de las colonias de la América Española.

Bueno, con la ocupación total del territorio español y la prisión de su monarca, por orden de Napoleón, llega la gran oportunidad. Desaparecida la autoridad legítima, la única autoridad que subsiste es la que cuenta con la fuerza para sustentarla.

Y ese, no era el caso de los españoles del Río de la Plata. Porque las fuerzas militares de los "criollos", eran muy superiores en número y en armamento. Y dentro de las fuerzas criollas, la formación de mayor poderío era el regimiento de "Patricios".

Las clases civiles, especialmente los comerciantes, piden gobierno propio. Y libertad de comercio. En fin, hay un tira y afloja, que se termina desde el mismo momento en que se pronuncia el regimiento de "Patricios", y ocupa la Plaza de la Victoria, hoy Plaza de Mayo.

Allí termina el asunto. El jefe del Regimiento de "Patricios" Coronel Saavedra, ocupa la Presidencia de la Primera Junta y la mayoría de los miembros de la misma son designados, directamente, por la oficialidad del regimiento. Pocos días después se crea el Ejército Nacional y comienza la gran lucha por la supervivencia argentina.

Pero también empiezan las discusiones internas.

El motivo. El de siempre. Buenos Aires quiere gobernar al interior, y el interior no quiere que lo gobierne Buenos Aires.

Ya en el momento de la creación del Virreinato, a las intendencias del interior, de origen altoperuano, chileno y paraguayo, les había caído muy mal la designación de Buenos Aires como "Capital" del mismo.

Le desconfían al porteño. Por algo es...

Todo está allí. Es así de simple.

Sin embargo, esta lucha se prolonga a lo largo de toda nuestra historia y existe todavía. Con otras formas y características, pero es la misma.

Bueno, los ejércitos revolucionarios marcharon sobre el interior, tratando de lograr pronunciamientos favorables y apoyo para la causa de Mayo. No siempre fueron bien recibidos. En muchos casos, fueron recibidos de mala manera.

Lo que pasaba era que esas tropas llevaban escondida en la mochila, la supremacía política y comercial del puerto. Y eso, recibía muy pocas simpatías, por parte de los habitantes de las provincias.

En una de esas marchas hacia "el norte", el general Belgrano oficia al Triunvirato pidiendo bandera. Ya había logrado tiempo antes, que se le autorizara el uso de la escarapela azul y blanca, para la tropa. Al cabo de algunos "tironeos", consigue al fin su bandera con los mismos colores.

Con ella enarbolada, marcha rumbo al Alto Perú.

Es una campaña dura y con muchos altibajos. Pero, con un final glorioso. En Salta y Tucumán, lleva su estandarte a la victoria, y con ello, asegura la supervivencia de la revolución.

El peligro de una invasión desde el Perú se aleja por un tiempo.

La Asamblea del año 1813, aprueba lo actuado hasta el presente, y crea un Escudo Nacional con los mismos colores: azul y plata. Además el Himno Nacional y un ordenamiento provisorio de los Poderes Nacionales.

Pero ya, para ese entonces, la reacción del interior contra el puerto, ha tomado tal carácter, que se hace imposible pensar por un tiempo, en una tutoría definitiva por parte de éste sobre las provincias.

Los movimientos provinciales, no son separatistas. En ningún momento se habla de eso. Por el contrario, ellos sostienen que quien debe integrarse al país es, precisamente, el puerto.

Estos movimientos son conducidos por hombres del lugar, vinculados a sus paisanos. Estos hombres reciben en nuestra historia el nombre de "caudillos". El caudillo es un conductor de su pueblo. Casi generalmente es un hombre de armas.

La situación es de lucha y los hombres están con las armas en la mano. Nada más lógico que sigan a uno de ellos. El que más confianza les merezca, el que mejor se maneje con esas armas.

De todos ellos, el precursor es Artigas. El gran caudillo de los Orientales. Es también el más auténtico.

Lucha contra los "doctores" del puerto de Buenos Aires. Contra los españoles de Montevideo. Y contra los portugueses que invaden su tierra desde el Brasil.

Para eliminarlo, los porteños del Directorio no se detuvieron ante ningún escrúpulo. Prefirieron abandonar la Banda Oriental a los portugueses, antes que ayudar a Artigas.

Estos enfrentamientos de la Ciudad de Buenos Aires con los caudillos del interior, debilitaron la guerra de la Independencia. Provocaron el desorden civil y militar; y,, finalmente, son la única causa y únicos responsables de la pérdida de gran parte del territorio que, originalmente, perteneciera al Virreinato.

Así llegamos al Congreso de Tucumán. donde se proclama, finalmente, la Independencia Nacional.

Tiempo después los miembros de este mismo Congreso, se trasladan a Buenos Aires.

Allí dictan una serie de Leyes. Una de ellas, muy importante, es la de regulación de los Símbolos del nuevo estado. Queda definitivamente como bandera nacional, la azul y blanca de Belgrano.

Ya , para ese entonces el general San Martín ha cruzado los Andes llevándola a su frente.

San Martín era junto con Alvear, el único militar del Ejército Argentino, que se podía llamar de carrera. Cuando regresa a su tierra, ya es teniente coronel, formado en el Ejército Español.

Tiene 34 años de edad, con 20 años de servicios. Todos sus grados los ha ganado peleando en el frente de batalla. No era noble; por eso, cada ascenso tenía que lograrlo por mérito, y con el sable en la mano.

No había en todas estas tierras, ninguno que se le pudiese poner a la misma altura. Era un soldadazo. Un militar de lujo.

Su estrella brilla todavía, más que ninguna otra, en el cielo de la Patria. Brilla con la luz de Chacabuco y Maipú con la libertad de medio continente.

El marino Bouchard, hecho "corsario" argentino, recorre el Pacífico con nuestro pabellón enarbolado. Bombardea y ocupa un puerto de la California. Defiende y apoya los movimientos independencistas de Centroamérica.

Desde entonces, y como recuerdo a su bravura las repúblicas de esa región, adoptaron como propia, la bandera azul y blanca que enarbolara el corsario, en sus buques de guerra.

Contrastando con todo ese cuadro heroico, el Directorio de Buenos Aires, no escatimaba torpeza o sucia tramoya por cometer, para usurpar el poder.

Quizás la más infame, sea la orden dada a Belgrano de retirar el Ejército del Norte, que está custodiando la frontera, para utilizarlo, contra los caudillos del litoral que no acatan la supremacía del puerto. ¡Una inmundicia!

Bueno, el ejército se subleva, retira el mando a Belgrano y da por tierra con el Directorio, cuyos partidarios se llamarán en lo sucesivo "unitarios". Mientras el movimiento de los caudillos, se llamará "federal".

Así las cosas, sobreviene la denominada Crisis del Año 20. Que no es otra cosa, que el repudio de todo el país por los doctores del puerto que pretenden usurpar el gobierno nacional. A ese repudio, se une incluso la "campaña" de la Provincia de Buenos Aires.

Mientras esto ocurre en estas tierras, en España se prepara un poderoso ejército expedicionario para ser embarcado al Río de la Plata. Su objetivo: volver a la ex colonia al "redil" español.

Pero, cuando todo está listo, la salvación viene de manos de una sublevación de ese mismo ejército.

El general Riego se pronuncia reclamando una constitución para España. Este hecho, casi fortuito, aleja el peligro de nuestras costas; porque, de otro modo, el desorden imperante en esta tierra, a causa de las torpezas de los del puerto, casi se puede decir que garantizaba el éxito de esa expedición.

El orden civil y la autoridad militar, se restablecen con el advenimiento al gobierno del general Martín Rodríguez.

Este jefe cuenta con el visto bueno de los federales y con el respaldo del joven comandante de Milicias de la provincia de Buenos Aires: don Juan Manuel de Rosas.

Así las cosas, y pese a que no existía una autoridad nacional, no por eso hubo desórdenes o problemas institucionales.

Cada provincia se gobernaba a sí misma. Y las relaciones exteriores conjuntamente con la responsabilidad de los ejércitos nacionales, eran llevadas por la provincia de Buenos Aires, por delegación de sus hermanas. Ideal.

Durante este interregno, se consigue: la expedición de San Martín al Perú, la consolidación de las Fronteras del Norte, la expedición de los 33 Orientales, con el consiguiente inicio de la recuperación de la Banda Oriental y las expediciones y Tratado de Paz con los indios, encomendados por el gobierno al comandante Rosas.

Muy bien, todo empezaba a marchar bien, cuando, a fines de 1825, el general Lamadrid, da el primer paso de desorden volteando al gobernador legítimo de Tucumán. Para ello, usa de su cargo y de las tropas confiadas a su mando del Ejército Nacional del Norte.

Esta historia se repite a menudo. Los liberales usan los ejércitos nacionales para sus revoluciones. Deben recurrir a ellos, porque no tienen otro poder de convocatoria. Todo el país protesta contra este hecho, con el que da comienzo a una larga secuela de guerras civiles.

Una de sus consecuencias más nefastas, es la convocatoria a un llamado "congreso nacional" por los unitarios.

Este congreso derriba gobiernos provinciales, y proclama al Dr. Rivadavia como presidente de la República.

El presidente, para consolidarse en su nuevo cargo, contrae inmediatamente una serie de empréstitos en libras esterlinas, reparte el dinero entre sus allegados y termina dando como garantía, todas las tierras del país.

Casi simultáneamente con esto, declara a San Martín, de regreso del Perú, "persona no grata" y le prohibe el ingreso en Buenos Aires.

Como postre, declara a Buenos Aires, Capital del Estado y proclama una constitución nacional, unitaria, por supuesto. La "constitución" suprime el voto popular y sólo autoriza a votar a los propietarios, o sea, a un 5% de la población.

Como no podía ser de otra forma, al unísono, los caudillos del interior movilizan sus "montoneras".

De más está decir, que, el Imperio del Brasil, aprovecha esta excelente oportunidad que le brinda la ceguera de Rivadavia, para proclamar la anexión de la Banda Oriental como Provincia Cisplatina. Automáticamente, declara la guerra a las Provincias Unidas. Diciembre 10 de 1826. Por supuesto, que esta guerra, se llevó a cabo en el mayor de los desórdenes. No sólo de nuestro lado, sino en el de ellos también. El conductor de los 33 Orientales, general Lavalleja, enarbola la bandera azul y blanca y se une a las tropas argentinas.

Unidos, y bajo el mando de Alvear, dan la batalla de Ituzaingó en febrero del 27, donde argentinos y orientales derrotan categóricamente al Imperio Brasileño.

Casi simultáneamente, el almirante Brown, derrota en el mar a las fuerzas enemigas en la batalla del Juncal.

Pero, cuando teníamos el triunfo en la mano, Rivadavia prefiere restar refuerzos y armamentos a las tropas nacionales, para reforzar el "ejército presidencial" que en ese momento se encuentra operando en el norte contra los caudillos y sus montoneras, que resistían su "autoridad nacional".

Felizmente, no tiene éxito. El general Quiroga destroza en las batallas del Tala y Rincón al "ejército presidencial".

Bueno, es entonces cuando los unitarios no encuentran nada mejor que dar a conocer su famosa "Constitución", dictada por un grupo de doctores porteños. En plena guerra con el Brasil y levantamiento armado de los caudillos del interior.

Como era lógico, fue el caos total. Y con ello, el fracaso de la ofensiva victoriosa en la guerra contra el Brasil.

Pero, aunque parezca increíble, allí recurre Rivadavia, precisamente, al Brasil.

Pide "la paz a cualquier precio", para poder retirar las tropas del Uruguay y así estar en condiciones de utilizarlas contra las provincias argentinas, en una "guerra de represión".

Contrastando con esta sucia actitud, el general Bustos, caudillo de Córdoba, convoca a una Liga de Gobernadores de las provincias, para que, de común acuerdo se proceda a:

1) Desechar la Constitución.

2) Auxiliarse mutuamente contra el presidente.

3) Continuar la guerra contra Brasil, con las tropas provinciales.

4) Enviar al Ejército Federal a ese efecto y expulsar a Rivadavia.

En eso se estaba, cuando regresa el delegado presidencial al Brasil con las condiciones de paz del imperio. En concreto: se exige la rendición argentina.

Bueno, el escándalo es tremendo. Rivadavia es obligado, por su propia gente, a renunciar.

Aparentemente, con esto ha terminado la tragicomedia conocida como "Primera Presidencia Argentina" en los textos escolares.

Al caducar el poder presidencial, es elegido gobernador de la Provincia de Buenos Aires, el coronel Manuel Dorrego, jefe de los federales.

Inmediatamente dispone que se reanude la guerra contra Brasil. Aunque de momento, las acciones están detenidas por los problemas internos de ambos beligerantes. Ya que el Brasil también tiene los suyos.

Es en esos momentos, cuando entra Inglaterra en el asunto, para ver qué "pesca". Anuncia al resto de Europa, que esta región de América, le interesa principalmente.

Para comenzar, el representante inglés presiona y amenaza a ambas partes y consigue nuevas negociaciones de paz.

Claro, nadie está en condiciones de enfrentar un eventual disgusto con Inglaterra y se termina con una paz "de empate": la Banda Oriental, o República del Uruguay, no será para nadie. Será independiente. Bajo garantía y "protección" de Inglaterra, por supuesto.

Hecha la paz, regresa el Ejército Nacional a Buenos Aires, en medio de un clima de decepción y disgusto.

El gobernador Dorrego, no puede creer en una revolución, pese a la advertencia de todos los federales que así lo sospechan. Todo el mundo sabe que han sido los "rivadavianos" los causantes y responsables del fracaso, no él.

No obstante, la revolución se produce. Las tropas ocupan la Casa de Gobierno y disuelven la Asamblea Legislativa.

Dorrego se retira, a la campaña de la provincia, en busca de apoyo.

El 6 de diciembre de 1827, se reúne con Rosas en la Guardia del Monte y convienen en separarse para reunir fuerzas.

Rosas, irá al sur a convocar a sus "colorados", mientras que Dorrego, irá a Santa Fe en busca del apoyo del poderoso jefe de los federales del litoral, el general Estanislao López.

En el camino, el general Lavalle, jefe de la revolución unitaria, lo toma prisionero. Inmediatamente, lo manda fusilar.

Este crimen horrendo, es el más atroz e injusto que se haya cometido en toda la historia de la Patria.

No tiene justificación alguna, fusilar al gobernador legal de un Estado que ha sido elegido libremente por sus conciudadanos. Y si ese hombre es nada menos que un soldado de la independencia, oficial de San Martín y de Belgrano, héroe en el campo de batalla, no solamente es un crimen atroz contra un hombre, lo es contra todo un país y contra toda la civilización.

De allí en adelante, se inician las guerras civiles en nuestra Patria.

Detrás de Dorrego, son asesinadas por las tropas de Lavalle alrededor de 1.000 personas más, sospechosas de simpatizar con los federales, incluidos niños de 7 años. Un bárbaro.

En medio de esta espantosa carnicería, llega el 6 de febrero de 1828, al puerto de Buenos Aires, en busca de reposo, el general San Martín.

Se había embarcado de regreso a su Patria, lleno de esperanza, al enterarse de la caída de su viejo enemigo Rivadavia y venía dispuesto a ofrecer sus servicios a su país.

Viendo el estado de cosas imperante y de quienes gobernaban, decide no desembarcar y regresar a Europa.

En el interior, el general Quiroga, declara la guerra al "gobernador intruso de Buenos Aires", mientras Rosas se une a las fuerzas de López con sus Colorados del Monte. Juntos, marchan sobre Buenos Aires.

Previamente, una "convención nacional" de todas las provincias, ha declarado la "guerra a los decembristas y anárquicos"; sediciosa y atentativa contra "la libertad y el honor de la Nación" a la sublevación militar encabezada por el general Lavalle. Además, califica como crimen de alta traición a la Patria el fusilamiento de Dorrego.

El general Estanislao López es designado general en jefe de todas las fuerzas nacionales y el coronel Juan Manuel de Rosas "segundo en el mando".

Sorprenden a Lavalle y sus veteranos de la guerra con Brasil en el puente de Márquez y los derrotan completamente.

Inmediatamente de enterados del desastre, se fugan, a Montevideo, 600 civiles unitarios comprometidos con la revolución, abandonando a los militares a su suerte.

Después de la batalla, López marcha con sus fuerzas sobre Córdoba, amenazada por el unitario general Paz, y queda en las "puertas" de Buenos Aires, Rosas y sus "colorados". Ha pedido la rendición de los revolucionarios.

Se firma el "Pacto de Cañuelas" por el que se llama a elecciones y los unitarios abandonan el poder usurpado por el general Lavalle. Este, no quiere cumplir con su parte y recibe un "ultimatum" de Rosas.

Finalmente, Lavalle cede y es designado gobernador el general Viamonte, con "facultades extraordinarias".

Rosas recibe el nombramiento de comandante general de la Campaña.

En el interior, Paz derrota al general Bustos y le arrebata el gobierno de Córdoba. Este, consigue escapar y marcha en busca del apoyo de Quiroga, que, sin dudarlo, marcha en su auxilio.

A los dos reunidos, los derrota Paz en las batallas de La Tablada y Oncativo.

Los fusilamientos y "degolladas" que siguen a estos "triunfos", hicieron época en la historia de la docta. ¡Una carnicería!

En Buenos Aires, mientras tanto, ha sido restablecida la Legislatura que disolviera Lavalle.

Esta elige gobernador a Rosas y le da el rango de general. Recibe, además, el título de Restaurador de las Leyes. Oficia a los pocos días, unos funerales solemnes al coronel Dorrego.

Se ha invertido la situación. En el interior domina el unitario Paz, mientras en Buenos Aires, lo hace el federal Rosas.

Los caudillos principales, del tipo de Ramírez, Quiroga, López o Rosas, tienen una formación espiritual y moral muy similar entre ellos, en cierta forma.

Todos ellos son hombres que trabajan en el campo y por tal motivo, se ven en la obligación de llevar, paralelamente, una carrera militar.

Luchan, tanto contra las incursiones del indio, como contra sus enemigos de las ciudades. Los "doctores", que tratan desde sus despachos de constituirse en sus dirigentes.

Estos caudillos son capitanes natos. Por sus costumbres y por el trato y contacto diario con las gentes comunes: peones, gauchos, etc.

Tienen una idea del orden muy similar al que impera en una "formación de lucha" de la campaña en ese entonces.

Todos pertenecen a las "milicias provinciales" y se han ganado su papel demostrando en los hechos que son los mejores.

Su autoridad proviene directamente de sus subordinados.

Paz, que se ha unido a Lamadrid en sus correrías por el interior, invade todas las provincias limítrofes de Córdoba, y les impone, por la fuerza, gobiernos unitarios que le son adictos.

En La Rioja, Lamadrid mete en la cárcel, con una cadena al cuello, a la anciana madre del general Quiroga. Previamente ha sido maltratada hasta decir dónde tenía su dinero escondido.

Bueno, en ese ambiente, se forma la Liga Unitaria y se le da el mando con "facultades extraordinarias" al general Paz.

Acto seguido se alía con el mariscal Santa Cruz, dictador de Bolivia, para organizar unidos la invasión al litoral argentino. Una vergüenza.

Lavalle desde el Uruguay, trata de apoyarlo consiguiendo la ayuda del Brasil para una invasión a su propio país. Otra.

Los federales se unen en un Pacto Federal y Rosas reabastece al general Quiroga con hombres y armas, para que marche al interior, buscando el apoyo de las provincias andinas, que le son incondicionales.

Mientras tanto, entran por el sur de Santa Fe, las fuerzas conjuntas de los "colorados", unidos a las tropas del general López.

Éste recibe la designación de general en jefe de los Ejércitos Federales.

Con una columna se recupera Santiago del Estero y se repone al gobernador general Ibarra.

Mientras tanto, Quiroga cosecha una cadena de éxitos en las provincias cuyanas. Cae sobre Río Cuarto y la ocupa. Marcha sobre Córdoba.

La columna federal "del litoral" le pide que los espere, pero no es posible en ese momento pararlo. Está furioso y decidido a encontrarse con Paz y Lamadrid "a muerte".

Un veterano granadero de San Martín, el general Pacheco, manda la "columna federal" que entra por el sur de Córdoba. Pero no consigue reunirse con Quiroga. Este avanza a marchas forzadas sobre Paz y Lamadrid.

Paz está rodeado y decide salir primero al encuentro de López. Lo prefiere a encontrarse con Quiroga.

Estudiando el campo de batalla, cae prisionero de una "partida" federal.

Por este hecho fortuito, el general Lamadrid queda al mando del ejército unitario. Ordena retirarse hacia el norte en busca del apoyo de Bolivia. Quiroga le "pisa los talones".

López, al ver que se le "escapa el chivo del lazo", pone todo en manos de Quiroga, que, para ese entonces, ha marchado "como un rayo" a Tucumán, decidido a interceptar a su viejo enemigo.

Finalmente se encuentran y Quiroga carga ciegamente en la primera fila de su caballería con el sable en la mano, buscando a Lamadrid. En la batalla de La Ciudadela queda deshecho el ejército unitario. Quiroga lo ha "borrado del mapa".

Bueno, los cabecillas huyen rumbo al norte y desde Salta piden la incorporación de esas provincias a Bolivia. Un muy lindo final.

Pero, Santa Cruz, en esos momentos, ha invadido el Perú y no está para ocuparse de ellos.

Se limita a recibirlos a todos como asilados, en el país del altiplano.

Muy bien; Quiroga, López y Rosas, con sus aliados los caudillos provinciales, dominan el panorama nacional a lo ancho y a lo largo.

Rosas aprovecha para iniciar su Campaña del Desierto, contra el malón de los indios. Quiroga lo acompaña desde las provincias cuyanas y consiguen un éxito completo.

Las columnas federales llegan hasta el río Colorado y recorren territorios que hasta entonces permanecían inexplorados.

La bandera azul y blanca tremola por primera vez en la Patagonia argentina.

La paz reina en nuestra tierra, y la prosperidad llega a los hogares más modestos.

Todo el "gauchaje" es federal.

El país es federal.

LA TRAICIÓN

Al regreso de los expedicionarios, luego de algunos choques de tipo político entre los federales por el poder, termina por imponer el orden nuevamente Rosas, que debe hacerse cargo del gobierno.

La "pueblada" que provoca este hecho, es un antecedente directo, de otras que en la historia se repetirán.

Su inicio, es una espontánea "huelga general", a la que sigue un cierre de todo el comercio suburbano, y una marcha sobre la casa de gobierno.

Unos días antes, estando Rosas todavía en el campo, llega la noticia del asesinato del general Quiroga, en Córdoba.

Furioso, Rosas jura vengarlo y es por ese motivo, por el que marcha sobre Buenos Aires y toma el poder.

Apenas lo hace, ordena una investigación exhaustiva del hecho cordobés, y clarificado el mismo, el juicio de los culpables.

El gobernador de Córdoba, Reynafé, confeso y convicto, y sus hermanos, son ahorcados y fusilados por orden de Rosas, en la plaza de la Victoria, públicamente.

Bueno, en Montevideo, los unitarios, forman la Logia de los Caballeros Liberales, presidida por Rivadavia.

Inmediatamente se ponen en contacto con el Brasil, Chile y Bolivia para luchar contra los federales. A esta última se le propone quedarse con Jujuy, Salta, Tucumán y Catamarca. A Chile, las provincias cuyanas y la patagonia. A Brasil el Uruguay. Todo esto a cambio de algún dinero y tropas para invadir la Argentina. Otra vez, lo de siempre, la "rifa" del país. Pero la cosa les sale mal, en parte.

Chile se alía a la Argentina y juntos atacan a Santa Cruz, presidente de Bolivia.

Los "exiliados" unitarios, por supuesto, apoyan a este último contra su patria.

Es designado comandante el jefe de los ejércitos argentinos de la frontera Norte ,el general Alejandro Heredia, gobernador de Tucumán, ex oficial de Belgrano y San Martín.

Claro, la declaración formal de guerra sólo fue enviada a Bolivia en 1837, en un Memorial.

Las tropas de Bolivia entraron en territorio argentino, pero cayeron derrotadas en Santa Bárbara, por el ejército federal. Los chilenos en cambio fueron derrotados en Paucarpata.

Pero un nuevo triunfo del general Heredia en Rincón de las Casillas, levantó la moral y alejó el peligro sobre nuestras fronteras. Contraatacó Chile, y los argentinos se mantuvieron a la expectativa. Así quedaron las cosas por un tiempo.

Para esa misma época, se declara el bloqueo del puerto de Buenos Aires, por parte de la escuadra de Francia.

El motivo aparente de la diferencia, era la incorporación de ciudadanos franceses a los ejércitos. Además de una exigencia de la libre navegación de los ríos interiores del país para el comercio francés.

Los unitarios del norte, dirigidos por la mano oculta de Marco Avellaneda, aprovecharon la situación para tender una emboscada y asesinar al general Heredia, jefe de los ejércitos argentinos, en plena guerra con Bolivia.

Huelga hacer comentarios sobre esta actitud.

Acto seguido, entraron en contacto con el ejército boliviano.

Sobre esta sí. Es simplemente traición a la patria.

Por fortuna, a esa altura de las cosas, el Brasil no podía moverse.

Se debatía en el mayor caos de una guerra civil. La conocida en la historia como Guerra de los Farrapos.

Pero, nosotros también teníamos nuestro "bonito baile". Así que ninguno pudo aprovechar el momento de debilidad del otro.

Por ese entonces, Rosas nombra al general Alvear como embajador argentino ante el gobierno de los Estados Unidos.

Bueno, para agregar una leña más al fuego, el general Lavalle invade la provincia de Entre Ríos al frente de una expedición compuesta, en su mayor parte, por mercenarios extranjeros y que se autodenomina como "cruzada libertadora".

El general Soler, segundo de San Martín en el cruce de los Andes, abandona su exilio en Montevideo al ver tanta inmundicia y se presenta en Buenos Aires, para ponerse a las órdenes del Gobierno de su patria.

Otra, muy distinta, es la actitud de Lavalle. Para llevar a cabo su "invasión", embarca sus tropas en la Escuadra de Guerra de Francia.

Claro, aprovechando el bloqueo que la misma escuadra impone a su patria.

Además de la obligada bandera de Francia, los invasores enarbolan otra, realmente muy curiosa.

No es la bandera argentina, pero es bastante parecida. ¿Qué ha pasado? Es que han reemplazado el tradicional color azul, por el "celeste" de la divisa unitaria.

Esto no es el producto de una improvisación. Es un proyecto bien claro de diferenciar las banderas de las tropas. Dos ideales distintos, dos banderas distintas. Lo importante es diferenciarla de la bandera de Belgrano, que enarbolan las tropas argentinas que luchan en Bolivia, o la del Almirante Brown en su escuadra, que lucha en el Riachuelo.

Bueno, para eso se inventa esta falsificación de nuestro símbolo, a la que bautizan como "bandera de mayo".

En esto se estaba, cuando, desde Grand Bourg, Francia, llega una condenación tremenda para los traidores.

El general San Martín, escribe a Rosas para ponerse a sus órdenes y luchar a su lado en esta guerra "en el puesto que se me destine".

Diferentes hombres, diferentes actitudes. Rosas le contesta emocionado, agradeciéndole su ofrecimiento y diciéndole que si la oportunidad fuese necesaria, lo llamaría, "Al paso que me sería muy grato que ud. se restituyera a su Patria".

En esos días el gobierno ha puesto Consejo de Guerra a los responsables del asesinato del general Heredia, viejo compañero del Libertador. Funciona en Metán. Los acusados confiesan su crimen e incriminan con la mayor responsabilidad a Avellaneda.

Este es condenado a muerte y su cabeza es expuesta en la plaza de Tucumán.

Los unitarios lo bautizan "el mártir de Metán".

Bueno, afortunadamente, por ese tiempo, las tropas de Chile han entrado en territorio boliviano y han deshecho el ejército del mariscal Santa Cruz en la batalla de Yungay.

Con esto desaparece totalmente todo peligro en el norte.

Claro que eso no basta para que no sigan las conspiraciones e intrigas de los unitarios en el interior o en el extranjero.

Ya sea con los bolivianos, como con el Brasil o Francia y su escuadra.

A todos se les prometen ventajas. A unos comerciales, a otros territoriales, a todos protectorados. ¿A Inglaterra? Bueno, a Inglaterra "lo que pida".

Consiguen sublevar a la provincia de Corrientes. Por supuesto que se les ha prometido que todo el país los seguiría. Cosa que no ocurre ni remotamente.

Los generales Echagüe y Urquiza, acaban con la sublevación en pocos días, y se dirigen a enfrentar a Lavalle y su pintoresca "invasión libertadora".

Al tiempo que el general Juan Pablo López, que ha reemplazado a su hermano tras su fallecimiento, en el gobierno de Santa Fe, los apoya desde el sur.

Bueno, mucha atención, porque es entonces cuando se agrega a la lucha un personaje, realmente pintoresco, el general Rivera. Oriental. Ya vamos a verlo accionar.

Todas las mañas, vicios y trampas de que pueda echar mano un ser humano, están a disposición de este personaje.

Ha terminado por aceptar "pelear" del lado de los franceses, luego de recibir dinero de todos los bancos, y esto lo ha hecho, exclusivamente, porque le conviene en ese momento.

Pronto los abandonará y volverá a organizar un "remate privado", para decidir su "postura" política y militar.

Con victorias y derrotas por ambas partes, prosiguen las acciones.

Matizadas permanentemente, con nuevos pedidos de dinero a los franceses y brasileños por parte de Rivera.

Se "pronuncia" en el sur de Buenos Aires, un grupo de estancieros encabezados por un señor Castelli, titulándose a sí mismos como los "libres del sur".

Son rápidamente eliminados por las milicias gauchas que conduce el coronel Prudencio Rosas, hermano del Restaurador.

Una "revolución" similar, estalla en el norte de Santa Fe, encabezada por un señor Vera, y tiene la misma suerte. Esta vez el encargado de limpiarla es el gobernador López.

Bueno, finalmente Rivera, con una fuerte caballada y un importante refuerzo de dinero, invade Entre Ríos.

Lavalle se envalentona y ataca a Echagüe. Es rechazado y se apoya en Rivera.

Ambos resuelven de común acuerdo pedir más dinero a los franceses. Esto se vuelve monótono.

Mientras tanto acampan a 20 cuadras del Ejército Federal, que está a su merced y no se explica por qué no lo "aplastan".

Lo que pasa, es que están esperando ambos "libertadores" la llegada de los "pesos fuertes", prometidos por Francia.

El general Paz, puesto en libertad bajo palabra de honor por Rosas, se olvida rápidamente de su palabra y se incorpora al mando de las fuerzas sublevadas de Corrientes.

Finalmente, ataca nuevamente Lavalle. Rivera no. No está conforme con su parte del dinero recibido. Queda a la expectativa.

Echagüe, que cuenta entre sus oficiales con Lavalleja, Urquiza y Oribe, uno de los "33 orientales", rechaza a Lavalle en derrota, en el encuentro de Sauce Grande.

Allí, cuando todo parece perdido, se encuentra una "solución" realmente increíble.

El ejército "libertador" de Lavalle, es embarcado íntegro en la Escuadra Francesa y depositado en San Pedro, provincia de Buenos Aires.

Desde allí, avanza sobre el puerto que ha quedado desguarnecido.

Los dos ejércitos federales que tenía en el camino fueron "salteados" con esta ayuda de Francia; "entraremos en Buenos Aires sin pelear" anuncia eufórico Lavalle.

Un ejército federal, al mando de Pacheco, regresa precipitadamente a Buenos Aires, tratando de defenderla.

El general Rivera, en el Uruguay, observa atentamente antes de tomar partido.

Pero, el avance de los "libertadores" se hace lento. Todas las poblaciones por donde van pasando, los rechazan.

El paisanaje, le lleva una suerte de guerra de guerrillas que los debilita.

Entre tanto, el general Lamadrid, que ha jurado lealtad a Rosas, "asqueado de las maniobras unitarias" según dice, y éste le ha dado un mando en el norte, llega a Tucumán para hacerse cargo del Parque, que ha quedado allí desde el fin de la guerra y el asesinato del general Heredia.

Al día siguiente de su llegada, se subleva. Este hombre no es leal a nada ni a nadie. Inmediatamente avanza sobre Córdoba y destaca columnas para tomar las provincias andinas.

Lavalle llega a Navarro. Lugar donde fusiló a Dorrego 12 años antes. Se niega a acampar allí lleno de horribles presagios y sigue su marcha hasta Merlo. Está en la puerta de Buenos Aires.

El sueño de 12 años de exilio.

Lo ha "vendido" todo por ese momento, su vida, su carrera, su honor, su patria y hasta su bandera.

Pero ya Pacheco ha reunido sus fuerzas con las que Rosas ha logrado dificultosamente reclutar a último momento y que son en su mayoría paisanos adictos de la campaña.

Además, todo ha sido demasiado difícil, para la "invasión".

La hostilidad popular, el ejército reclutado en poquísimos días, pero con una fe tremenda a su frente y las fuerzas de López y Echagüe a su espalda, lo convencen.

No presenta batalla y ordena la retirada hacia el norte. Tiene la esperanza de reunirse con Lamadrid.

La decepción de los exiliados unitarios de Montevideo es tremenda.

Cuando se lo creía en casa de gobierno, llegan noticias que lo dan pasando por el sur de Santa Fe, a marchas forzadas.

Claro, como ya es tradición unitaria, avanza matando y saqueando. Es un camino señalado por el horror.

Al entrar a la capital de la provincia santafesina, desata una ola de saqueos y fusilamientos.

Acto seguido, oficia a la escuadra de Francia pidiendo refuerzos. En hombres y "en metálico".

A todo esto, Rivera se ha quedado "como en misa". Espera.

Pero Francia ha cambiado de táctica y se ha cansado de los generales criollos.

Abandona a Lavalle y firma con Rosas un tratado de paz por su cuenta.

El general Rivera se decide y ofrece apresuradamente su espada, a los brasileños esta vez.

Las fuerzas de Lavalle son deshechas en la batalla de Quebracho Errao. Comienzan una penosa y larga retirada hacia Bolivia.

Lo alcanzan mensajeros franceses ofreciéndole el grado y la pensión correspondiente, como mariscal de Francia, conjuntamente con el exilio allí.

Esto es ya tan vergonzoso, que no puede aceptarlo.

Rivera, sin duda, hubiera aceptado. Por lo menos la pensión.

La escuadra francesa levanta el bloqueo y se retira.

En Montevideo, cunden el desánimo y el disgusto.

El ejército de Lamadrid, en el norte, cae derrotado por Pacheco en la batalla de San Cala.

Huye a Catamarca, donde es derrotado nuevamente en Sanogasta. La fuga, hacia la frontera de Bolivia, ya es general. A su paso, matan, saquean, etc. Todo es válido, lo único importante es huir. Huir y salvarse.

Reciben, Lamadrid y Lavalle dos derrotas más en Rodeo del Medio y Famaillá, respectivamente.

Lamadrid consigue cruzar a Chile. Lavalle llega a Jujuy.

Allí muere, accidentalmente, en un episodio muy confuso en el que tienen mucho que ver, el vino y las mujeres. No la guerra ni la política.

Bueno, ahora sí, libre de problemas en el norte, el gobierno argentino pone sus ojos en el problema del litoral.

Rosas convoca a sus generales para encarar un plan realmente de una dimensión histórica. El objetivo: Primero Corrientes y el Uruguay. Después Brasil.

Intervienen Inglaterra y Francia para proponer un "arreglo" en el cual ellas actuarían como "mediadoras", para tratar de mantener las cosas "en su lugar".

Rosas agradece sus "buenos oficios", pero los rechaza.

A todo esto, el general Echagüe permanece en Entre Ríos, "tapando" la posibilidad de entrada por allí, al general Paz y sus correntinos. Y al "impredecible" Rivera.

Rosas reconstruye la Escuadra Nacional y restablece en su mando al almirante Brown. Con ella, bloquea Montevideo. La nave insignia es bautizada "General San Martín".

El general Echagüe avanza sobre Corrientes pero es derrotado por el general Paz en Caaguazú. Rosas llama urgentemente a Oribe y a Pacheco para que bajen del norte a donde han llegado corriendo a Lavalle y Lamadrid.

Urquiza es nombrado gobernador de Entre Ríos, con la aprobación de Rosas. Recibe además el mando del Ejército del Litoral.

López, el joven, de Santa Fe, se pronuncia contra el gobierno nacional y se une al general Paz.

Urquiza se retira a Buenos Aires, en busca de auxilio y refuerzos. Paz no puede perseguirlo, el almirante Brown controla los ríos.

Así pasa un año sin que nadie se mueva. Rivera, a todo esto, permanece como petrificado en sus cuarteles. Espera dinero del Brasil.

Con los refuerzos de Rosas y la incorporación de las fuerzas de Oribe, que finalmente ha llegado, Urquiza vuelve a cruzar el Paraná.

Rivera, que desconoce completamente el incremento de las fuerzas federales, y acaba de recibir una fuerte suma de dinero, esta vez del Brasil, vía Montevideo, decide atacarlo en pleno territorio de Entre Ríos. Batalla de Arroyo Grande.

Allí, cuenta la historia, lo perdió todo, "Hasta el honor". Realmente, no sé cuando lo tuvo.

Huyó abandonando a su ejército, toda la caballada y el parque. Además de su uniforme y hasta su sable.

Paz fue separado del mando del ejército correntino, por disidencias internas. El desbande de las tropas unitarias que quedaban fue total.

Oribe marchó con un ejército sobre Montevideo, mientras que Urquiza avanzó sobre Corrientes.

Se estableció el sitio de Montevideo, donde resistían los unitarios.

Por tierra, las tropas federales quedaban al mando de Oribe y por mar al mando de Brown.

Los "exiliados" unitarios, envían una "misión" a Londres con el objeto de solicitar el "protectorado" de Inglaterra sobre estas tierras, a cambio del envío de una escuadra inglesa que "colabore" en derribar al gobierno argentino.

La misión está encabezada por Florencio Varela y viaja bajo la protección del Brasil, de quien recibe dinero.

Este último país, procede a reconocer la independencia del Paraguay.

Urquiza, que ha cruzado el río Uruguay; persigue y derrota a los restos del ejército de Rivera en "India Muerta". Mientras Echagüe, deshace a López chico en Paso del Salado.

Ambos derrotados se trasladan al Brasil.

El Imperio, ha conseguido salir de 9 años de guerra civil, y está dispuesto a retomar el hilo de su viejo sueño, la provincia Cisplatina.

Es en este momento, precisamente, cuando Francia e Inglaterra en forma conjunta, deciden intervenir en el Río de la Plata.

Enterados en Río de Janeiro, el marqués de Abrantes, es enviado apresuradamente a París por el Brasil, para negociar un arreglo en el que pueda también "intervenir" el Imperio.

El "aporte" Brasileño será en dinero. Mucho dinero.

¡Qué oportunidad perdida para Rivera! ¡Si hubiese esperado un poco más! Pero otros la aprovecharán. El oriental, ha dejado un discípulo en la Argentina. Un discípulo realmente, muy aventajado. Superior a su maestro.

Ya veremos.

Se presenta la intervención de Francia e Inglaterra, como una "mediación".

El pretexto será el conflicto interno uruguayo y la ayuda que presta Rosas a los partidarios de Oribe.

La "escuadra conjunta" llega a Buenos Aires. Inmediatamente exige el retiro de la escuadra de Brown de Montevideo. Así también el de las tropas argentinas auxiliares de Oribe. Dan 10 días de plazo.

Arana, ministro de Rosas, actuando por orden de éste, rechaza el "ultimatum".

Rosas hace publicar el "ultimatum" en los diarios de Buenos Aires, conjuntamente con toda la documentación en su poder, sobre la intervención de los "unitarios" en la "Reunión diplomática de mediación" celebrada en París. Pone en descubierto las maniobras de Francia, Inglaterra y Brasil.

Los que peor quedan, son indudablemente los exiliados unitarios de Montevideo. Sarmiento, exiliado en Chile, propone a las autoridades de ese país "quedarse" con "toda la Patagonia argentina".

La escuadra anglo-francesa, se apodera de la escuadra argentina y desembarca la infantería de marina en Montevideo, para "protegerla".

Gran alegría de los unitarios.

El país argentino entero, gobernadores, caudillos, generales, legislaturas, etc., envían notas de apoyo, al gobierno nacional.

El autor del Himno Nacional, Don Vicente López y Planes, compone una "Oda patriótica" en apoyo de Rosas. Se recita en todos los teatros y plazas.

El general Rosas moviliza a todo el país para defender el honor argentino y la Independencia Nacional. Rompe relaciones con Francia e Inglaterra.

Brasil todavía no ha mostrado las uñas.

La escuadra enemiga bloquea el puerto de Buenos Aires y los ríos navegables. Remonta el Paraná y el Uruguay, saqueando y matando. Aplausos de los unitarios de Montevideo. Varios de ellos se han embarcado en la misma en calidad de "asesores". Pagos, por supuesto.

Rosas trata de cerrarles el paso en un recodo del Paraná. Con fuerzas terrestres y de artillería. Refuerza las defensas de la Vuelta de Obligado.

Pone las tropas al mando del general Mansilla, que es su cuñado y hombre de confianza. Cuenta con 2.000 soldados. Flamea en ambas riberas del río, la bandera azul y blanca.

Ataca la escuadra enemiga. La resistencia es heroica, pero se está en neta inferioridad de fuego. Al cabo de varias horas de bombardeo, desembarca la infantería anglo-francesa y se combate cuerpo a cuerpo. Dos horas más de lucha y los argentinos se retiran dejando 650 bajas.

Los "asesores", observan desde los buques franceses. Repugnante.

Sin embargo "Obligado", fue el principio del fin de la intervención.

A partir de allí todo buque enemigo debió navegar con escolta militar. A pesar de eso, igualmente era atacado. Con lo que fuere, cañones, balas, fuego, piedras.

Cada viaje era un infierno. Se dieron cuenta de que tendrían que pelear metro a metro, y no estaban en condiciones militares para eso.

El general San Martín, envió una nueva carta a Rosas desde Francia. Ofrecía nuevamente sus servicios "para lo que fuese" y terminaba diciendo "su lucha es de tanta trascendencia, como la de nuestra emancipación de España".

Así las cosas, Paz, que está nuevamente en Corrientes, aprovecha para firmar una "alianza" con el Paraguay.

Se facilitará la "entrada de tropas paraguayas" a nuestro país, a fin de luchar contra Rosas. ¡Linda actitud!

Contra él, marcha el Ejército de Operaciones al mando de Urquiza.

El ejército de Paz, denominado con cierta ironía "aliado pacificador", reúne 10.000 soldados, contando los paraguayos. Urquiza tiene 5. 000. No obstante, en una rápida y eficiente campaña los derrota completamente.

Pero la guerra contra Argentina es muy impopular en Europa. La opinión pública presiona enormemente. Por otra parte, las escuadras se encuentran en un callejón sin salida, porque no pueden irse (sería un papelón), ni desembarcar, porque serían seguramente derrotadas.

Llega a Montevideo la escuadra brasileña. Y con la escuadra el dinero.

Corre el año 1846. El ejército del Brasil está apostado en la frontera con Uruguay. Se tiene la impresión de que estallará la guerra con el Imperio de un momento a otro.

Los exiliados unitarios se embarcan en la flota imperial y actúan como siempre de "asesores", esta vez del Brasil.

Pero en Europa la cosa no da para más. La opinión pública presiona y se decide negociar la paz. A tal efecto se envían nuevos embajadores al Río de la Plata.

La negociación es larga, porque Rosas se muestra irreductible. Sostiene que Francia e Inglaterra deben retirarse, devolver todo lo que han tomado y desagraviar al Pabellón Argentino.

La negociación entra en un callejón sin salida. Las potencias extranjeras consideran que no pueden hacer ese papelón ante el mundo.

Pero Rosas puede esperar. Y espera. En esos momentos todo el país está en orden. No queda ninguna tropa unitaria operando en el interior, y no tiene ningún conflicto fronterizo. Salvo la situación del Brasil, claro, pero bueno, eso es "crónico".

Cansada de seguir en este asunto, Inglaterra, por su cuenta, decide levantar el bloqueo y allanarse en las negociaciones de paz.

No así Francia, que inicia sus contactos con el Brasil para una acción conjunta. Por supuesto que por medio de los unitarios de Montevideo. En eso están cuando en París estalla una revolución y se instala la República: 1848. El panorama cambia completamente. El jefe de la escuadra, por las dudas, y por su cuenta, levanta el bloqueo.

El puerto de Buenos Aires, queda nuevamente libre.

Brasil da marcha atrás apresuradamente. Sabe muy bien que "solo", no puede enfrentar a la Argentina.

En adelante inicia una larga, paciente, y prolija búsqueda de nuevos aliados. Con el tiempo encontrará uno ideal, ya lo veremos.

Mientras tanto, las potencias negocian la paz con Rosas. Él sigue "en sus trece": devolución de todo y desagravio a la Bandera. Tanto Francia como Inglaterra, reciben el mismo trato. Respetuoso, pero irreductible, por parte del jefe de la Confederación Argentina.

Finalmente, en el año 1849, se firman los tratados de paz, en las condiciones que exige nuestro país.

Cumpliendo el mismo, se levanta también a las tropas europeas que están en Montevideo y las dos escuadras se retiran.

Es el triunfo total de la política de soberanía argentina.

Suenan los cañonazos de las escuadras antes de partir, en desagravio a la bandera azul y blanca de nuestra patria. Las escuadras que parten, son nada más que las de las dos naciones más poderosas de la tierra.

Las noticias llegan a Francia, justo a tiempo para alegrar los últimos días del general San Martín. Muere en 1850.

En un inciso especial de su testamento, lega su sable de la Independencia "al general argentino Don Juan Manuel de Rosas, como prueba de la satisfacción que como argentino, he tenido al ver con cuánta altura ha sostenido el honor de la Patria".

Está todo dicho.

Los preparativos bélicos del Brasil sufren una nueva demora. Estallan movimientos republicanos en el interior y se desata una ola de peste amarilla. Rosas, rompe relaciones con el Imperio y se prepara para la guerra.

Reconstruye la escuadra y refuerza con todo el material y hombres que puede, al Ejército de Operaciones, al mando del general Urquiza.

Como era de esperar, los argentinos de Montevideo preparan un "Plan de Guerra" para ponerlo a disposición del Brasil.

Pero el Imperio no se mueve. Hasta que no encuentre un aliado no piensa hacerlo. Si la guerra comenzara en esos momentos, nadie duda de que el triunfo sería para la Argentina.

En eso estaban las cosas al comienzo del año 1851, cuando se produce el hecho más increíble de la historia argentina y uno de los acontecimientos más vergonzosos de la historia universal.

El general en jefe del Ejército de Operaciones argentino para la guerra contra el Brasil; Don Justo José de Urquiza, entra en tratativas con el enemigo para pasarse a él y arrastrar las tropas que el país ha puesto bajo su mando y responsabilidad. Así también, todos los pertrechos y armamentos a su disposición.

Por supuesto que las negociaciones son lentas y "secretísimas". La posición de Urquiza, al mando del ejército más poderoso de esta parte de Sudamérica, en esos momentos, le da una carta de triunfo que sólo está dispuesto a entregar a muy alto precio. Sobre todo dinero. Mucho dinero.

Y además la flota del Brasil, que es indispensable en este caso. Con la del almirante Brown no puede contar. El almirante "no se vende".

La coordinación y el "manejo" de las tratativas, desde luego que está, como siempre, a cargo de los exiliados argentinos de Montevideo. Rosas, que ignora todo esto, declara formalmente la guerra al Brasil.

Urquiza se pronuncia en marzo de ese mismo año contra Rosas. Ya ha "arreglado" con el Brasil. Acto seguido, entra en el Uruguay para atacar al ejército de Oribe que sitia Montevideo y permanece leal.

En cumplimiento de lo "pactado", las tropas del Brasil cruzan la frontera y entran también en el Uruguay. Las comanda el marqués de Caxias.

No hay batallas. Oribe nada puede contra esas tropas. Entrega su ejército y se le permite retirarse. Otra cosa no podía hacer. Traicionado por Urquiza, el país queda desguarnecido.

Rosas ha perdido en dos meses, sus dos mejores ejércitos.

Se dirige precipitadamente a Santos Lugares, a organizar una fuerza en base a tropas reclutadas a último momento y sin ninguna experiencia la mayoría de ellas. Pero, dice, "Buenos Aires no se entregará al extranjero sin luchar".

Desoye el consejo de sus generales de internarse en el interior y esperar los refuerzos de los caudillos, que le son adictos en su totalidad.

Urquiza, con su ejército reforzado con las tropas tomadas a Oribe, con más las tropas del ejército brasileño, emprende el camino de Buenos Aires. Cuenta con casi 40.000 hombres. Antes de movilizarse ha exigido que se le de "todo el dinero prometido".

Se le da la mayor parte, "el resto" al entrar en Buenos Aires. Quedan en el Uruguay 12.000 hombres del Brasil. Por las dudas.

Ante la entrada de las tropas brasileñas al territorio argentino, Rosas recibe numerosas adhesiones. Entre ellas la de varios jefes unitarios, que se sienten "repugnados" por lo que está ocurriendo y vienen a ofrecer sus espadas para luchar contra el extranjero y contra los traidores. Rosas los acepta y les da mando de tropas.

La batalla se dio en Morón. Las fuerzas nacionales poco pudieron hacer contra un enemigo que las duplicaba en número y armamentos.

La historia escolar, la conoce como de "Caseros", porque los brasileños exigieron que así se llamara, dado que a la División de ese país le tocó pelear en un sector conocido como "Palomar de Caseros".

En la historia de Brasil, se la llama "la revancha de Ituzaingó" y "fin de la guerra contra Argentina".

En todas las ciudades de ese país, hay una calle o avenida que lleva su nombre. ¡Es lógico!

Lo realmente increíble, es que en Buenos Aires y varias ciudades del interior, también hay calles que se llaman así.

Bueno, Rosas renunció y se asiló en Inglaterra.

Urquiza se proclamó Director provisorio de la Confederación. El día 20 de febrero de 1852, aniversario de la batalla de Ituzaingó, el ejército brasilero entró en Buenos Aires, con charangas y banderas desplegadas a su frente.

Se fusiló y degolló a tanta gente, que el río que cruza Palermo, dicen los testigos de la época, bajaba con sus aguas de color rojo.

Urquiza con la cabeza fría, aprovechando la euforia de sus partidarios con el triunfo, pidió más dinero al Brasil. Se lo dieron, pese a que ya habían empezado las discusiones y las desavenencias entre ellos.

En esto estaban, cuando saltan a la luz los *acuerdos secretos*, y Brasil comunica que se queda en el Uruguay, con su ejército. Exige a ese país, cuatro millones de pesos fuertes, como gastos de guerra y se incauta de los territorios orientales cedidos por Urquiza.

Ante los hechos consumados, Inglaterra movilizó su diplomacia para tratar de recuperar las ventajas comerciales, que había perdido dos años antes, en el fracaso del bloqueo al puerto.

Por lo pronto, exigió la famosa "libre navegación" de los ríos interiores.

Instalado en Buenos Aires, Urquiza también moviliza su estrategia. Por lo pronto, le convenía mantener al elenco de gobernadores rosistas en las provincias del interior.

Si se entregaba totalmente a los unitarios, estos a la larga, seguramente le "presentarían la cuenta" de sus muchos años al servicio de la Federación.

Su "espada libertadora" había cortado muchas cabezas de unitarios y estos no lo habían olvidado. Así que comisionó a Bernardo de Irigoyen al interior, para invitar a las provincias a una reunión conjunta y allí fijar la conducta a seguir.

La provincia de Buenos Aires, fue convocada a "elecciones". Por supuesto que con lista única. Ganan los unitarios.

Eligen gobernador, por pedido de Urquiza, al viejo don Vicente López y Planes. presidente del Tribunal de Justicia de Rosas.

Los caudillos del interior, se reúnen en San Nicolás de los Arroyos y firman, precipitadamente, un "acuerdo".

Se designa a Urquiza Director de la República Argentina y se llama también a un Congreso Constituyente.

La recientemente implantada Legislatura de Buenos Aires, rechazó el acuerdo y el viejo López debió renunciar.

Muy disgustado Urquiza, intervino la provincia y resolvió "asumir el gobierno de la provincia". Días más tarde, le devuelve el gobierno al autor de las "Odas Patrióticas". Duró poco, lo hacen renunciar de nuevo los unitarios.

Resultado, Urquiza volvió a "asumir".

En fin, un cuento de nunca acabar. Y lo peor es que más o menos así va a seguir la cosa por bastante tiempo.

Mientras en el resto del país los gobernadores enviaban a sus diputados por cada estado para la Asamblea Constituyente a celebrarse en Santa Fe, Urquiza se traslada a esa provincia para la inauguración. Claro, en un barco de la flota británica.

Los barcos ingleses están aquí para exigir la libre navegación de los ríos. Después de esto, de más está decir que la obtienen.

Muy bien. Ahora, los unitarios porteños, aprovechan la ausencia de Urquiza para hacer una revolución. Retiran sus diputados al Congreso de Santa Fe y separan el Estado de Buenos Aires de la Confederación.

Inmediatamente comienzan los preparativos para una guerra, esta vez, contra Urquiza. Pero cuando están en eso, se les subleva el comandante de Luján, coronel Lagos, que fuera rosista y en esos momentos estaba con Urquiza. Lagos levantó las tropas de la campaña de la provincia y exigió el retiro del gobierno unitario. Acto seguido, puso sitio a la ciudad del puerto.

A los pocos días, la flota Confederada capturó a la del Estado de Buenos Aires y apoyó el sitio con el bloqueo del puerto.

En medio de esta confusión, a Urquiza no se le ocurrió mejor idea que la de iniciar tratativas para proponer separar Entre Ríos y Corrientes del resto del país y proclamar la República de la Mesopotamia. Inglaterra se lo prohibió.

No tuvo más remedio que presentarse en Buenos Aires en el carácter de "mediador de paz". Los unitarios no lo recibieron.

Se reiniciaron las hostilidades. Urquiza tomó el mando de los ejércitos sitiadores.

Bueno, llegó la noticia de que en Santa Fe, se acababa de votar la Constitución Nacional. Es el año 1853.

La Constitución fue "promulgada" por Urquiza desde su cuartel de San José de Flores.

Muy bien; ahora, los unitarios porteños, consiguen levantar el bloqueo del puerto por parte de la flota de la Confederación.

¿El sistema? El de siempre; sobornar al jefe, comodoro Coe, con 20.000 onzas de oro. Este cobra, entrega toda la escuadra en el puerto y se marcha a los Estados Unidos de Norteamérica. No regresa nunca más. El "maestro" tiene buenos discípulos. El mal ejemplo cunde.

El dinero del puerto, comienza a correr a manos llenas entre las filas de los sitiadores. Poco a poco, corrompe a todos los jefes. Los oficiales "confederados" abandonan las filas y concurren a cobrar "su parte".

Urquiza se pone nervioso y pierde todo disimulo. Anuncia que lo mejor es que este asunto lo resuelva el representante de la flota británica, todavía surta en el Río de la Plata.

Una actitud realmente poco "soberana".

Acto seguido, recurre al Brasil y le dirige idéntico pedido al ministro del Imperio en Buenos Aires. Otra.. Y, como final, triste final, se coloca en la cola de los que reciben dinero de los unitarios "para retirarse".

Sólo que en su caso la suma es mucho más grande, y se recibe como "indemnización". Dos millones. El mejor "negocio", lo hizo Coe.

El bueno de Lagos, que está de buena fe en todo esto, sólo pide una amnistía general para todas las tropas.

Se la dan, por supuesto. ¡A quien le importaba eso!

Concluido este "asunto", las tropas se retiran y el Director de la República Argentina lo hace en compañía del representante inglés. Marcha a la cabeza de una caravana de mulas como transporte del dinero. Se embarca en la escuadra británica, se retira a Santa Fe.

Bueno, tiene que ir allí, pues se acaban de iniciar los festejos "nacionales", con motivo de la proclamación de la Constitución.

Allí reinaba un ambiente de "culto optimismo".

En realidad, no tuvieron demasiado trabajo. Prácticamente las Comisiones se limitaron a copiar el texto de la Constitución de los Estados Unidos de Norteamérica.

Lo hicieron con tan poco disimulo, que en algunos casos, aparecían palabras en inglés. En otros, la traducción literal era tan confusa al no existir sinónimos que resultaba difícilmente comprensible.

Bueno, hubo que pasarla en limpio después de promulgada. Y ya está, los festejos no podían detenerse.

El "estado de Buenos Aires" la rechazó.

Sus portadores llegaron a la ciudad, pero fueron amenazados con ahorcarlos. Se retiraron precipitadamente.

No era para menos.

Los festejos, después del arreglo del sitio de Buenos Aires, habían incluido gran cantidad de fusilamientos, como parte del espectáculo. Varios rosistas, que se habían salvado de matanzas anteriores, fueron "incluidos" esta vez.

Ellos no estaban "amparados" por la "amnistía". Eran civiles.

A todo esto, en Santa Fe, Urquiza es elegido Presidente de la Confederación.

Buenos Aires elige a Pastor Obligado como gobernador, y se da su propia Constitución.

Ambos Estados, se preparan para una guerra inevitable.

Para matizar el ambiente, se produce una invasión de los indios del sur. Invaden territorios de ambos Estados. Resulta casi cómico. En el interregno, Valentín Alsina reemplaza como gobernador a Pastor Obligado. Hay de todo: sobornos, presiones diplomáticas, fraude, etc. , pero sobre todas las cosas, violencia y corrupción.

Aprovechando esta situación, el Brasil permanece militarmente en la República Oriental del Uruguay, con el pretexto de "preservar el orden".

Los Estados guardan silencio. El Brasil domina la región.

Envalentonado, trata de hacer lo mismo con el Paraguay. Le va muy mal. Lo sacan con "cajas destempladas".

Ya para ese entonces el Imperio ha comprado todo el sobrante de la Guerra de Crimea. Nadie duda de adónde pensará usarlo.

Bueno, si no se armó un "zafarrancho" más grande, fue sencillamente porque Inglaterra no lo permitió. Brasil dominaba la región, pero Inglaterra gobernaba el mundo.

Urquiza para "tranquilizar" el Paraguay, y no tener problemas en ese frente, le entrega todos los territorios al norte del río Bermejo. Es decir, toda Formosa y parte de Salta y Jujuy.

El Estado de Buenos Aires enarbola su propio pabellón. Es necesario "distinguirse" del resto del país.

¿Recuerda aquella bandera de Mayo que levantara Lavalle fraudulentamente? ¿La que se embarcó en la flota Francesa? ¿La "celeste y blanca", con el celeste de la divisa unitaria? Esa misma. Se manda a guardar para siempre a la bandera azul y blanca de Belgrano y de la Asamblea del año 13. La de Salta y Tucumán, la de los Andes, la de Ituzaingó, la de Obligado, la de Brown y de Bouchard.

Bueno, esa que se la guarden los "gauchos del interior".

La Argentina es un país, y Buenos Aires es otro. Y a otra cosa.

Mitre es el general en jefe de los porteños.

Urquiza, de la Confederación. Lamentablemente, no hay otro. Para no variar, pide dinero al Brasil antes de iniciar la campaña.

El pretexto esta vez es "cuidar las concesiones" que ya les ha otorgado.

Chocan en Cepeda. En un episodio muy confuso, la batalla se inclinó por la Confederación.

En realidad, la batalla en sí fue un caos. En un momento dado, ambas fuerzas cargaron en forma "oblicua", como estaba de moda en los "tácticos" de la época, y prácticamente se pasaron al lado una infantería de la otra.

Ambos se atribuyeron haber "ahuyentado" al enemigo.

No pasó lo mismo con la caballería. La del interior, literalmente "barrió" a la porteña.

Mitre, que en la confusión de las infanterías, se creyó victorioso, se dio cuenta de golpe de que estaba perdido. Procedió a iniciar una "gloriosa retirada", al grito de: ¡victoria!

Llegó a San Nicolás y se embarcó en la flota porteña. Regresó así a Buenos Aires. Fue recibido en triunfo.

A los pocos días, al llegar los restos de la caballería, se descubrió la verdad; cuando los jefes y oficiales, en vez de hablar de la "victoria" empezaron a calificar la batalla como "desastre". Se había perdido toda la artillería, las municiones, las caballadas y 2.000 prisioneros. Además de dejar 500 muertos.

Urquiza ,que perdió en total 300 hombres, avanzó con los 16.000 restantes sobre Buenos Aires, donde cundió el pánico.

Pero, una vez más, pasó lo de siempre. No debemos olvidar, quién estaba a cargo del ejército victorioso. Se produjo un "acuerdo de mediación", por parte del general paraguayo Francisco Solano López. Se llegó a un armisticio y un "pacto". "Secreto", por supuesto.

A los 15 días, Urquiza se retira a Santa Fe con todas sus tropas.

Mitre, queda dueño del puerto y es elegido gobernador al poco tiempo.

Mientras en la Confederación, asume Derqui como presidente.

Se inicia una "luna de miel" entre ambos Estados. A tal punto que Urquiza concurre especialmente invitado a Buenos Aires para los festejos del 9 de Julio.

Habló de "retirarse" y colocó fuertes sumas en inversiones de negocios en Buenos Aires. No duró mucho todo esto. Apenas se retiró, los porteños empezaron a hablar de "revancha".

Para empezar, el dinero del puerto, "pilotea" varias revoluciones en el interior, mientras se rearma el ejército porteño.

Los liberales, invaden el interior con su dinero. Derqui, descubre todo el "complot" a Urquiza y le pide respaldo. Este se lo da, pero de mala gana. Está dedicado a otros "negocios". Recibe nuevamente el mando del ejército Confederado. Grave error del presidente Derqui. Con extraordinaria lentitud, y de mala gana, reinicia las operaciones.

Llegados a este punto, se produjo una verdadera "maratón" de "diplomacia".

Ambos Estados, se disputan el "apoyo" del Brasil y Paraguay.

Bueno, los Ejércitos, se encuentran nuevamente; esta vez es en el arroyo Pavón, en septiembre de 1861. Mitre, ataca primero. Como de costumbre, la caballería del interior desbanda a la porteña. Ésta pone los "pies en polvorosa" con tanto entusiasmo, que no para hasta Luján, en una carrera que dura dos días.

Le fue mejor a la infantería porteña, que logra hacer retroceder a la del general Victorica -yerno de Urquiza- lentamente.

Pero -impredecible Urquiza- cuando se esperaba la entrada en batalla de las reservas de Entre Ríos, que deberían definir todo y no han intervenido aún, el comandante en jefe, abandona el campo de batalla ante el desconcierto de todo el mundo.

Se retira "al trotecito" al frente de sus entrerria-nos.

El ejército, cuyo mando se le ha confiado, queda victorioso, pero abandonado a su suerte. Las fuerzas porteñas, que se han atrincherado, esperando el ataque, no saben qué hacer.

Al día siguiente, al salir el sol, se dan cuenta de que nadie los ataca. Deciden retirarse nuevamente a San Nicolás, repitiendo el episodio de Cepeda, y embarcarse en la flota. Pero, al llegar a San Nicolás, no teniendo ni la menor noticia del ejército de Urquiza, deciden atrincherarse y allí esperar.

Urquiza a todo esto, ya ha cruzado Rosario y está en San Lorenzo.

Nadie se explica lo ocurrido y a nadie da explicaciones el entrerriano.

Tranquilamente, embarca sus tropas y cruza a su provincia. De allí a su palacio de San José, de Concepción del Uruguay.

Así terminó Cepeda.

A todo esto, Mitre, creyéndose derrotado, sigue atrincherado en San Nicolás. En Buenos Aires, las noticias son trágicas. Las traen los fugitivos de la caballería porteña. Nuevamente se habla de un "desastre". Cunde el pánico otra vez.

Pero allí se enteran, antes que Mitre, de los movimientos increíbles de Urquiza. Cuando éste cruza el Paraná, la gente se lanza a la calle a festejar.

Se recibe un parte de Mitre, diciendo que se retira a San Nicolás por razones "tácticas". Le creyeron.

Poco a poco, se fueron dando cuenta -antes que Mitre, por supuesto- de que se había ganado la batalla.

¡Increíble!

Claro, los habitantes del país, en ese entonces, los dirigentes políticos, y hasta la historia misma, se preguntaron: ¿Qué motivos tuvo el general Urquiza para esa actitud?

Pero nosotros no, nosotros no nos lo preguntamos. Conocemos bien al hombre y no tenemos dudas al respecto.

La razón es la "de siempre". No creemos que haya variado. Con los antecedentes que contamos, podemos estar seguros.

Más adelante, vamos a ver que de todas las consecuencias que tuvo esta batalla para el interior del país, una sola persona salió indemne. Ni su provincia, ni sus posesiones, o sus inmensos bienes fueron tocados: el general Urquiza.

Lamentablemente, no ocurrió lo mismo con el interior. Fue "barrido" por los generales uruguayos de Mitre. Contando desde luego, con el aplauso caluroso de los "liberales" unitarios.

En fin, abandonado por todos, el presidente Derqui terminó por renunciar.

La República, fue "unificada" por la espada del "mitrismo", y se le dio un nuevo presidente: Mitre, por supuesto.

El general Urquiza, encerrado en su feudo de Entre Ríos, nada dijo.

En el resto del país, se fusiló, se degolló y se sometió al "credo" liberal a todas las provincias.

A todas y cada una, se colocó a un gobernador "liberal". Generalmente un oficial de las tropas unitarias que ocuparon el país y que en varios casos, nunca había pisado "su provincia" con anterioridad.

Las tropas porteñas, con la enseña de Mayo al frente, recorrieron el país sembrando el terror.

Confiscando y persiguiendo a todo el que se opuso a sus designios y "borrando" de la faz de esta tierra a todo lo que fuese Nacional o siguiese a la vieja y odiada Bandera Argentina.

Así termina esta primera parte de nuestra historia.

Con el entierro de la Patria Grande; de la Argentina concebida para ser el Estado fuerte de la América del Sur; y con el nacimiento de una "factoría" internacional, manejada desde el puerto de Buenos Aires, al servicio de una oligarquía que se adueña de todos los resortes del poder y los pone a su disposición.

Los próximos pasos que daremos con nuestro "amigo" el Brasil, estarán encaminados hacia la "eliminación" de nuestro más leal hermano territorial. El país de donde salieron los fundadores del Puerto de Buenos Aires y donde nacieron sus primeros pobladores. El Paraguay.

Pero primero, antes que nada, había que atropellar a nuestra hermana más débil. Aquella a quien más obligados estamos a respetar. A nuestra Banda Oriental del Uruguay. Así se hizo.

Todo comenzó con una maniobra de Mitre y su ministro Elizalde. Este que fuera anteriormente el más leal y genuflexo de los diputados federales en la Legislatura rosista se propone "colocar" a uno de sus "generales uruguayos", en la presidencia de ese país.

Mientras el candidato, general Flores, se prepara. Elizalde da toda clase de "garantías" al presidente uruguayo Berro, con respecto al apoyo argentino a su persona.

Los brasileños, simultáneamente, inician una campaña de acusaciones al Uruguay, diciendo que ese país está invadiendo sus fronteras. Bueno, esto ya es realmente gracioso

Cuando todo está listo, en el año 63, Flores embarca sus fuerzas rumbo a la costa oriental.

Las naves son argentinas, por supuesto. Al igual que los uniformes y las armas.

Lleva además, una cantidad de oro en monedas.

Mitre y su ministro, Elizalde, oficizan al presidente uruguayo manifestándose "sorprendidos" por todo esto.

A las fuerzas de Flores se les incorporan "espontáneamente", tropas reclutadas en Corrientes y en el sur del Brasil.

La poderosa flota del Brasil llega "casualmente" al Río de la Plata. Ha llegado "de visita".

Flores va y vuelve de una frontera a otra de acuerdo a cómo le vayan las cosas. Las fuerzas nacionales del Uruguay no gozan de esa "movilidad".

¡Cuàndo no! Urquiza, ofrece "sus servicios", a todos los bandos en pugna. Pero nadie quiere saber nada con él. En fin. Queda a la expectativa. Algo va a sacar de todo esto, eso es seguro. Por de pronto, los brasileños le mandan algún dinero a cambio de que "no haga nada". Ya es algo.

Libre su camino, Flores avanza sobre Montevideo, mientras una misión del Brasil viaja a Buenos Aires para firmar un acuerdo.

Es extraño, vienen a firmar algo de lo que aparentemente no se ha conversado nada. Las tropas del Brasil "cansadas de los atropellos uruguayos", cruzan la frontera y entran en territorio oriental.

Silencio absoluto del gobierno argentino.

Es entonces, y con ese claro motivo, cuando se presenta el reclamo paraguayo.

Exige el inmediato retiro de las tropas imperiales.

Ni lerdo ni perezoso, Urquiza, ofrece "sus servicios" a los paraguayos. Envía un delegado a tal efecto. Flores detiene su ofensiva. Espera para unir sus tropas a las de Brasil.

Mientras, desata una verdadera "carnicería" entre sus compatriotas, especialmente en Paysandú, con ayuda del Brasil.

La misión brasilera, llega a Buenos Aires. En el acto, Urquiza aprovecha para venderles 30.000 caballos. "al doble de lo que valen".

Pero los brasileños no tienen alternativa, es mejor comprárselos a él a que salga a venderlos a otros.

El jefe de Estado del Paraguay, mariscal Solano López, que está en tratativas con el entrerriano sobre ese y otros temas, le envía una nota manifestándole la "penosa impresión" que le ha causado el "negocio" de los caballos.

A Urquiza no se le mueve un pelo. Embolsa el dinero y adiós.

Al poco tiempo el ejército brasilero entra en Montevideo. A la cola de las tropas brasileñas, entra el general Flores y asume la presidencia. Corre el año 1866.

Paraguay declara la guerra al Brasil y a la Argentina.

Valiente y digna actitud.

Pero el gobierno argentino oculta la noticia. Espera a que las tropas paraguayas entren en territorio nacional para aparecer, ante la opinión pública e internacional, como "agredido".

En realidad, las tropas paraguayas sólo pasan por Corrientes con rumbo al Brasil. Ellos se ubican muy bien con respecto a quienes son sus verdaderos enemigos.

A los pocos días, se firma en Buenos Aires el tratado denominado como de la Triple Alianza.

Al general Flores, presidente del Uruguay, se le informa por una nota que se ha adherido al tratado.

Tanto el Tratado como el Protocolo Adicional, contienen cláusulas tan vergonzosas, que se resuelve mantenerlos en secreto. Después de esto, se inicia una penosa convocatoria de tropas para la guerra.

Nadie quiere ir. Toda la opinión está del lado de los paraguayos y de los uruguayos invadidos por los brasileños. Sólo se presentan como "oficiales" los jóvenes hijos de familias de la oligarquía.

Se confía el mando del Ejército de Vanguardia a Urquiza!

Ya nadie le responde. Las tropas que recluta a la mañana "desertan" a la noche. Sus generales directamente se niegan a acompañarlo; finalmente, con un refuerzo de tropas correntinas y algunas porteñas, emprende una lenta marcha hacia el norte.

Lo primero que hace, como siempre, es ponerse en contacto con el general paraguayo de las tropas de vanguardia, Robles. Le propone entrar en "tratativas". Por supuesto que el general paraguayo se negó. Lo propuesto por Urquiza era simplemente "traicionar a su país".

En fin, al entrerriano no le parecía "nada realmente grave" eso.

El presidente Mitre, comandante en jefe de las fuerzas de la Triple Alianza, imparte la orden a Urquiza de avanzar con su ejército. Éste no obedece y se va a entrevistar con Mitre a Buenos Aires.

Claro, apenas abandona el campamento, sus tropas, que lo conocen, creen que los ha abandonado y comienzan a dispersarse.

Tiene que regresar apresuradamente, cuando ya han desertado 3.000 hombres. De resultas de esto, Mitre retira a Urquiza del mando del Ejército de Vanguardia. Lo sustituye por el general Flores.

Éste, inmediatamente moviliza las tropas y derrota a los paraguayos en Yatay. Las tropas de los "aliados", se unen en un solo ejército. Este ejército, numéricamente, es muy superior al paraguayo. Mitre toma el mando supremo.

A todo esto el Imperio del Brasil -que no ha abolido la esclavitud- convierte a los prisioneros de guerra paraguayos en esclavos.

Amenaza con vender a quien no quiera pasarse a sus filas, y combatir contra su propia patria. La mayoría no acepta. Son vendidos. Todo esto ante el silencio del comandante en jefe.

Urquiza, mientras tanto, ha conseguido que los aliados le den un dinero "para formar otro ejército". ¡Increíble!

Cuando junta algunos hombres, inicia la marcha. Delante de su vista, las tropas se fugan en todas direcciones. Debe regresar a su palacio.

Pero, Don Justo José a esa altura del partido, ya ha descubierto un "nuevo negocio". Será el proveedor de carne de los ejércitos aliados, durante cuatro años. Ganará millones.

La guerra continúa con un retiro de los ejércitos paraguayos, que cruzan a su propio territorio y se preparan para luchar defendiéndolo hasta morir. La escuadra brasileña domina los ríos y las tropas aliadas invaden el Paraguay.

Pero tienen que pagar con sangre cada paso que dan. Los paraguayos se defienden heroicamente.

Mitre ha prometido "terminar la guerra en pocos meses". No será así. Su incapacidad en el mando, unida a la valentía de los guaraníes, prolongan este "episodio" a cuatro años. Cuatro años de sangre, fuego y horror.

El mundo entero observa avergonzado esa carnicería.

Bueno, finalmente después de mil equivocaciones, los aliados dan el mando de las tropas al general brasileño Caxias. Esto, indudablemente contribuye a mejorar el cuadro militar.

La última etapa de la guerra, es triste y vergonzosa. Prácticamente no quedan más que mujeres o ancianos en el país, han muerto hasta los niños, combatiendo.

Los vencedores asesinan al mariscal López y sus hijos menores de edad. Después de desnudarlos, los abandonan sin sepultar.

Así comienza el reparto del Paraguay.

Fue una infamia. Un crimen cometido contra un país hermano. Un país al que debíamos sólo apoyo y amistad.

Lejos de brindarle eso oficiamos de "mercenarios" del Imperio brasileño, nuestro único y natural enemigo. Estúpidamente colaboramos en la masacre de nuestro natural aliado.

Pero aun así, aceptando la guerra, debimos habernos retirado de la contienda, apenas se desocupó nuestro territorio. La prosecución de la guerra, después de que el mariscal López pidió condiciones de paz, fue una vergüenza.

Lejos de darnos honor, nos cubrió de desprestigio.

El pueblo y el ejército paraguayos sí que se cubrieron de gloria. Es por eso por lo que tengo en un gran orgullo el que se me haya hecho general de su glorioso Ejército.

A nosotros los argentinos, la guerra nos fue impuesta de "prepo" por el Brasil y una "camarilla" local. Fue un acto de tal deshonor, que nuestro propio país no perdonó nunca a los responsables.

Este resultó ser uno de los pocos casos en que, un jefe de Estado y general de un "ejército victorioso", finalizada la contienda, no sólo recibe la repulsa general de su país, en una elección, sino que nunca más pudieron retornar al poder ni él ni los principales responsables.

Ni Mitre, ni ninguno de sus "acólitos" volvieron jamás al gobierno del país, que ,ellos mismos habían "modelado".

LA ENTREGA

Es en este momento de nuestro relato, cuando debemos detenernos un instante.

A partir del fin de la guerra con el Paraguay, sobreviene un largo período de paz. No podía ser de otra forma.

Los hombres de Buenos Aires, se han quedado con todo el país.

Ese fue desde el comienzo su propósito, y lo han logrado. Para ello, no han reparado en los medios a emplear.

Los "gloriosos exiliados", ahora en el gobierno, han traicionado, han mentido, han asesinado, han sobornado, han hecho lo que sea, lo han sacrificado todo, la integridad territorial o el honor nacional. No se han detenido ante nada, en procura de su objetivo.

Otros, que no han sido ni "exiliados" ni "gloriosos", se les han sumado.

El viejo sueño, desde la época del Directorio se ha logrado. El país entero está al servicio del puerto.

Y el puerto y el país están al servicio de ellos. Bueno, y el puerto, el país y ellos mismos, todos, al servicio de Inglaterra.

El nuevo "modelo nacional", tiene las fronteras que quisieron darle. Una Constitución que tomaron prestada y que pone en sus manos todos los resortes del poder civil y militar. Y, finalmente, sus propios símbolos.

Es otra patria, de ellos.

La otra anterior murió. Eso creen. Pero se equivocan; la Patria Vieja no está muerta. Está allí al lado de ellos, sólo que no la ven. Ya veremos que cada tanto vuelve a surgir.

Una y otra vez. Vuelve y volverá siempre. Porque es La Verdadera. Es La Nuestra.

Y porque otra No Queremos los Argentinos.

Los hombres de la Independencia, que todavía sobrevivían, fueron mandados a "cuarteles de invierno". De todas formas, quedaban muy pocos.

En el mejor de los casos, pasaron a formar parte de la "aristocracia nativa". Pero, de ningún modo, fueron aceptados en la naciente oligarquía.

Para pertenecer a esta última, era necesario, además de someterse a sus rígidas normas, estar por completo al servicio de los capitales extranjeros. Especialmente de los británicos.

Formaron su núcleo fundador, en primer lugar, los hombres de Pavón y los "exiliados" unitarios en general.

Además, consiguió "entrar" en ella a última hora, un abigarrado núcleo de ex federales. Éstos, descubrieron después de Caseros, que habían estado equivocados.

Otros, en cambio, que habían aplaudido calurosamente a Don Juan Manuel en sus épocas de gloria, anunciaron sorprendentemente que "siempre habían sido unitarios". Habían guardado estoicamente su secreto por razones de seguridad. Un "ramillete" de gente realmente "maravillosa".

En fin, después vinieron los "adulones", los "lacayos", los "escribas y los fariseos". De todo un poco y de lo malo mucho.

Estos últimos, recientemente incorporados, debían suplir su falta de méritos con una mayor devoción por los "ideales".

Y de esos "méritos", ninguno aportaba mayor prestigio que mostrarse entusiasta en la entrega de la soberanía económica. Esa era, realmente, la mejor carta de ingreso.

Controlaban y administraban, en beneficio de Su Majestad, el comercio interno, la banca y las finanzas, los grandes diarios y la opinión sana en general. En cuanto al comercio exterior, allí actuaban como personeros. Se limitaban a recibir órdenes.

En política, su papel se limitaba a cubrir los cargos que se le indicaran, con las personas que se les impusieran. Lo que sobraba, se repartía entre sus amanuenses.

Tuvimos el raro privilegio de llegar a ser la mejor colonia del Imperio Británico, y también una perla en la corona de Su Majestad, según palabras vertidas en el seno del Parlamento inglés.

Resulta extraño, pero mucha gente que pertenecía a las familias tradicionales de nuestro país, se sintió identificada o atacada cuando, años más tarde, nosotros condenamos a la oligarquía.

Nada más equivocado. Esas gentes, que justamente eran las primeras víctimas del despojo masivo que se estaba haciendo al país durante décadas, no eran ni fueron en ningún momento nuestros enemigos.

Buena gente, la mayoría sin fortuna. Que vivían de pensiones graciables como descendientes de guerreros u otras cosas por el estilo e integraban una especie de aristocrático proletariado. En su falta de información, se sintieron identificados con la oligarquía o creyeron pertenecer a ella.

¡Qué confusión!

Nosotros nunca tuvimos nada contra ellos, eran inofensivos. Lo más que podían esgrimir, eran algunos retratos antiguos de sus antepasados y una cuenta bancaria cerrada por falta de fondos. Eso era todo.

La oligarquía es otra cosa. Otra cosa completamente distinta.

En su mayor parte, no es de origen patricio. Ni mucho menos.

La aristocracia no es condición suficiente para integrar la oligarquía.

Así como tampoco la condicíon de "oligarca" es suficiente para integrar la aristocracia. Esto es evidente. Pero más triste aún, es el caso de la "burguesía industrial". Ésta, que no pertenece a ninguno de los grupos anteriores, lo debe todo a la clase trabajadora; de la cual ha surgido, justamente. Sin embargo, muchos de sus miembros, con el único afán de "relacionarse", han caído en la estupidez de ponerse al servicio de la oligarquía.

Éstos, que son por naturaleza sus peores enemigos, los utilizan por un tiempo y después "los ponen en la vereda".

Además, por supuesto, se ríen de ellos. Y no es para menos; ¡resultan tan grotescos tratando de aparentar que son oligarcas!

Bueno, esta estructura oligárquica, duró muchos años. Aun hoy subsiste. Deteriorada, pero todavía vigente. Yrigoyen no pudo con ella. La trabó, la enfrentó, pero a la postre, ellos acabaron con él.

Hasta la Revolución de 1943 fue todopoderosa. Sólo nosotros logramos herirla de muerte. Por eso nos odian tanto. La herimos, pero no pudimos matarla. Prueba de ello, es que hoy estamos aquí y ellos allí. Gobernando.

Pero volvamos atrás.

A partir del fin de la guerra del Paraguay, los presidentes se suceden unos a otros, como en una "carrera de postas", pasándose la banda y el bastón. Todo esto, por supuesto, bajo la dirección atenta de Gran Bretaña.

El comercio se extiende y hay que traer mano de obra. El criollo "no sirve". No se deja explotar y es altanero. Tiene una especie de estúpido orgullo de ser argentino. Así piensa la oligarquía.

Por lo tanto, es mejor traer dóciles europeos. Son mucho más civilizados que nuestros gauchos.

Además, si no se portan bien, se les aplica la "ley de residencia" ¡y adiós! Saben muy bien que todo depende de su "buena conducta". Y esa buena conducta la determina la "justicia" de la oligarquía. De todas formas, ¿a quién le puede importar que se esté explotando a un país, que no es el suyo en última instancia?

Mientras se lo deje vivir, ¡adelante!

Pero, con los hijos de estos fue otra cosa. Los hijos nacieron argentinos. Y no les gustó nada lo que vieron cuando crecieron. A esto le dicen en el campo "les salió un hijo macho".

Y así fue.

A la Ciudad de Buenos Aires, se la declaró Capital de la República, y Distrito Federal.

Ya no importaba que la Aduana fuese "nacional", porque "la Nación era Buenos Aires".

La Conquista del Desierto, que vino a completar la iniciada por Rosas 50 años antes, resúlto un hecho positivo. Indudablemente lo fue. Sobre todo con respecto a los problemas limítrofes y la posesión de la Patagonia.

Por supuesto que la oligarquía sacó abundante provecho, quedándose con las tierras y campos ganados al indio. Despúes vinieron los ferrocarriles. Había que transportar la riqueza nacional al puerto, para que desde allí se la puedan llevar afuera. La cosa era esa. Qué importaba si aquí hubiese hambre, como la hubo en muchas oportunidades. Eso era un problema de la "gente pobre". No de ellos. ¡Cuidadito con que les faltara algo a los ingleses! A ver si se enojaban con nosotros. Y entonces, ¡qué sería de nuestro pobre país!

Se transportaba lo que les convenía a ellos; lo demás no.

En fin, así se hizo todo. Se "progresaba", en la medida en que los intereses imperiales sacaran algún provecho. Si no, se decía que "eso" no era conveniente para "el país" y ya estaba.

Como la minería, por ejemplo. Europa tenía su problema minero resuelto por otros lados. ¿Para qué quería una industria minera nacional? Para nada. Se decretó: "la Argentina no tiene minerales", y los pocos que tiene, "no sirven". Y a otra cosa.

O la industria en general. Europa tenía su propia industria y no le interesaba para nada nuestro desarrollo industrial. Al contrario, sólo le podía producir inconvenientes, por la competencia. Y a bastantes problemas les traían los Estados Unidos con su carrera industrial.

No, de ninguna manera. "A la Argentina no le conviene tener industrias", y se acabó el asunto.

Así fueron pasando los años. Y con los años, los hombres. A los viejos "exiliados", los "mártires" y los primitivos representantes del comercio "libre", los fueron reemplazando sus hijos o en otros casos, sus discípulos.

Pero así como los hijos de los inmigrantes y de los criollos, no resultaron iguales a sus padres, tampoco lo fueron los hijos de la oligarquía primitiva.

No se habían ganado los puestos "con lucha". No supieron conservarlos. O por lo menos, empezaron a perderlos. Poco a poco.

Los movimientos sindicales, empezaban a nacer en Europa y en los Estados Unidos.

Aquí llegó primero el movimiento anarquista.

Vino en maleta de los inmigrantes. Despúes vino el socialismo. La oligarquía de "recambio" de los fines del siglo diecinueve, no era como la otra; la anterior hubiese peleado de frente. Esta no. Se asustó y optó por entregar, a principios del nuevo siglo, paulatinamente el poder.

El radicalismo era un movimiento que podía hacer de "amortiguador".

No era socialista. Tampoco era oligarca. Aunque contara en sus filas con muchos "parientes" de la oligarquía. En sus comienzos, fue revolucionario, pero ya no lo era. Era nacionalista, pero no demasiado. En fín, "no era nada". El ideal.

Era indudablemente "popular", y eso era lo que necesitaba.

Por lo menos "pondría la cara" contra el "anarco-sindicalismo". Y la verdad es que la puso. Hubo choques bastante feos al principio. Pero, con el tiempo, "la vaca se les volvió toro".

El toro resultó ser Hipólito Yrigoyen. Un gran hombre. Pertenecía al pueblo y se identificaba con él.

El pueblo siguió con esa fidelidad maravillosa que tiene para quienes saben comprenderlo. El pueblo es así. Cuando da su corazón lo da para siempre. Lo acompañó hasta su muerte.

Pero eso es más adelante.

El 12 de octubre de 1916, con el acompañamiento de una mayoría popular auténtica, como desde hacía setenta años que no se veía en el país, Yrigoyen asume el poder.

Su programa, un poco confuso, estaba encaminado a restaurar los derechos y libertades civiles. Además de una acción, de un tipo muy genérico, que él denominaba "reparación nacional".

Se consideraba a sí mismo como una especie de apóstol, cuya misión era salvar al país. Por supuesto que de una oligarquía "falaz y descreída". Sólo contaba con el pueblo para esto. Ya que toda la estructura "tradicional", del país y del gobierno, estaba en su contra y dispuesta a no dejarle gobernar en paz. Todas sus medidas de gobierno fueron criticadas. Algunas prácticamente sin analizarse siquiera.

Todas sus palabras fueron tergiversadas o torcidamente interpretadas.

Había soñado con llegar al gobierno por una conspiración. No por el camino normal del comicio. Incluso, él mismo, nunca pensó en llegar de esa manera.

No se encontraba cómodo en el papel de presidente. Sentado en el mismo lugar desde donde la oligarquía había gobernado tantos años. Donde se había negociado tanta cosa "sucia".

Para diferenciarse, deliberadamente rompía con todos los "usos" de la época.

En lo administrativo y en lo protocolar intervino casi todas las provincias y puso en ellas gobernantes del radicalismo, elegidos en comicios puros.

Dictó y propició leyes de contenido social. Leyes que favorecían a "los necesitados".

Pero no encontró comprensión. Ni entre sus opositores, ni dentro del círculo de sus propios "correligionarios".

Su carta más difícil resultó ser, con el tiempo, también la más valiosa: la neutralidad argentina durante la Primera Guerra Mundial. No fue comprendido en esto, prácticamente por casi nadie. Sus propios ministros no lo entendían. Sin embargo, impuso su criterio con una valentía y una tenacidad, como muy pocas veces vio el país.

Lamentablemente, no se puede decir lo mismo de su actitud en los conflictos sociales de la época.

Había heredado una situación explosiva de sus antecesores y la expectativa que despertó su advenimiento, contribuyó aún más a alentar las esperanzas de los desposeídos, que lo contaban de su lado.

Se desató una serie de huelgas, todas de indudable tipo sindical, por lo menos en sus comienzos. Pero sus aprensiones y temores lo llevaron a confundir el proceso y creerse ante una ola "maximalista".

Allí cometió el error más grave de su gobierno. Permitió que las "fuerzas del orden" tomaran cartas en el asunto. Ya sabemos cómo procedieron. En aquel entonces, todo ese aparato, estaba en manos de la oligarquía y sus"sirvientes". No sólo eran enemigas de los sindicalistas, sino que también lo eran del propio Yrigoyen cuando se hicieron cargo de la "represión"...

Todos recordamos la tristemente célebre Semana Trágica y, posteriormente, aunque con algunos atenuantes, los hechos de la Patagonia.

Además, las "fuerzas del orden", no obstante ser las encargadas de reprimir, no por eso dejaron de recriminarle ser el "responsable" de lo ocurrido. Los obreros habían sido "alentados" por la actitud "paternalista" del presidente.

A Yrigoyen lo sucede Alvear. Un representante de la vieja oligarquía "enancado" en la estructura del radicalismo. Había varios de ellos. Ninguno era bueno. Yrigoyen lo había puesto en la presidencia porque creyó que, debiéndole todo, le iba a ser leal. No fue así.

También pensó que con la presidencia de un oligarca, el radicalismo, iba a tener acceso a todas las estructuras del poder, que se le habían negado a él.

No resultó. Lo primero que hizo Alvear fue volver a su lugar de origen. Gobernó con y para la oligarquía, a la que siempre perteneció. Este hecho fue denominado por las gentes políticas de ese entonces como la "patada histórica".

No fue otra cosa que una traición. A su amigo y a su pueblo.

Eso fue exactamente.

Sobre su gobierno, podemos decir que se vio beneficiado por la mejor época de nuestro comercio exterior. Esto como consecuencia de la situa-

ción europea después de la guerra. Hubo una de-
manda masiva de alimentos y eso trajo consigo
una gran prosperidad.

Desde luego que esa prosperidad sólo llegó al
pueblo como un pálido reflejo; realmente se pudo
haber hecho mucho más.

Los "sectores del poder", no sólo no interfirieron,
sino que colaboraron con el presidente. Así, com-
pletó su período en medio de la aprobación general
de los grandes monopolios internacionales.

Tan sólida creyó su situación, que trató de imponer un sucesor de su agrado. Y de los monopolios,
desde luego. Esta actitud, no fue muy "leal" que digamos para con su viejo amigo y jefe del partido.

"Don Hipólito", que siempre fue remiso en lo que
a candidaturas se refiere, advirtió la maniobra y se
lanzó a la lucha con todo su espíritu. Se llevó todo
por delante. Tenía todavía al pueblo de su lado.

En las elecciones de 1928 ganó por una abru-
madora mayoría. Pese a los "palos en las ruedas"
que le pusieron en todos los círculos de la oligarquía y sus servidores.

En fín, el segundo gobierno de Yrigoyen, no fue
como el primero. Realmente una lástima. Ya no se
hablaba de "reparaciones". El hombre tenía ya muchos años y el fuego revolucionario se había apa-
gado. La administración se paralizó y el presidente
quedó solo en el poder.

Esta era la oportunidad que estaba esperando
desde hacía años la oligarquía. Súbitamente se dio
cuenta de que tenía la posibilidad de apoderarse
del gobierno y no la perdió.

El 6 de septiembre de 1930, tomó el poder. Por la fuerza, por supuesto. A partir de allí se inicia un regreso al "viejo régimen". Pero pronto descubren que ya es tarde. Ya, el país no es el mismo. El mundo, tampoco es el mismo. Todo ha cambiado.

Ellos también deben cambiar. Y así lo hacen.

Para mantenerse en el poder, deben recurrir a "métodos violentos" a los que nunca habían recurrido antes. Naturalmente, a muchos les causó repugnancia. No aceptaron compartir ni el poder ni la responsabilidad de esos hechos. Se alejaron.

Para colmo, a lo largo de la "nueva gestión" de la oligarquía, se van descubriendo negocios y manejos de toda clase.

Con el comercio internacional de carnes, con otros productos, etc. Todo lo cual produce un escándalo en los medios de difusión y en el propio Senado de la Nación, donde cae abatido a balazos un senador de la bancada opositora.

Saltan los "negocios" más diversos. El juego clandestino. Las concesiones de electricidad, la venta de tierras en "El Palomar". Un proceso en el que intervienen ciudadanos extranjeros y que terminan en una acusación de "traición a la patria", etc. etc.

Todo es matizado por una permanente política de fraudes, sobornos y violencia. La estructura de poder y el sistema, realmente, no daban para más. Sólo la innata ineptitud de los radicales impedía que tomasen el poder nuevamente.

EL PUEBLO

El régimen comenzaba a expirar, cuando yo regresé al país, despues de una temporada como agregado a la Embajada Argentina en Chile.

En Buenos Aires, tuve diversas entrevistas con varios oficiales que me querían hablar de un movimiento de fuerza.

Los objetivos todavía no estaban suficientemente claros. Por lo que les dije que era mejor esperar un poco. No había que apresurar las cosas. De todas formas el gobierno estaba terminado,y nada se perdía con estudiar un poco mejor las cosas.

Tomar el gobierno para fracasar, era una estupidez. Los convencí a todos de esperar y de permanecer en contacto. Así lo hicieron.

Fui destinado a Italia, en plena guerra. Me tocó presenciar los acontecimientos en el teatro directo de las operaciones.

Pero la experiencia, para mí más importante, fue poder estudiar el experimento político-social y sobre todo económico, que se desarrollaba en ese país.

Además, completé un curso de Economía Política con un grupo de profesores italianos. Considero maravillosa esta experiencia.

No creo que exista, en el mundo, mejor escuela de economía que la italiana. Se puede adecuar, al capitalismo, al fascismo y eventualmente al socialismo, sin perder coherencia. Porque tienen muy claros a todos esos sistemas y sus trampas. Resulta imposible venderles "gato por liebre" en materia de producción o comercialización.

Con esta y otras varias y muy valiosas experiencias más, regresé a mi país.

Allí me puse en contacto, apenas llegué, con mis camaradas.

Tal como había previsto anteriormente, las cosas estaban peor que nunca. Esta vez todos me apremiaron para una "definición". Yo pedí tranquilidad y que primero nos organizáramos nosotros y después veríamos qué nos decían los generales.

Entre nosotros, la mayoría de los oficiales eran mayores o tenientes coroneles, muy pocos coroneles y ningún general, y para hacer un "movimiento de fuerza", siempre hay que tener un general, uno por lo menos.

Así fue que nos organizamos bajo la denominación de "Grupo de Oficiales Unidos", más conocido por el GOU, y quedamos a la expectativa. Pero para ese entonces, ya a nivel "generales", estaba caminando una conjura que tenía por cabeza al ex presidente general Justo.

Así que resolvimos que lo mejor era seguir esperando y mientras tanto, organizar más aún el grupo.

De todas maneras, si los generales hacían la revolución no podrían hacerla sin nosotros.

Todo estaba listo y montado cuando se vino a morir el general Justo. Bueno. El asunto se puso mucho mejor para nosotros. En los cuadros de las fuerzas armadas no había quedado, en esos momentos, ningún general con un prestigio o con un peso político definitivo.

No tendrían más remedio que conversar con nosotros y llegar a un comando de tipo "deliberativo". Y nosotros éramos más que ellos, mejor organizados. Bueno, así ocurrió y al poco tiempo se produjo la revolución y la toma del poder.

Como era de esperar, fuimos todos llamados a distintas funciones del gobierno. Algunos con más responsabilidad que otros, pero en casi todos los organismos del Estado, había un oficial del GOU.

Tal como yo había pronosticado. Ni siquiera tuvimos que pedir funciones, nos las ofrecieron.

El problema principal que había en aquel entonces, era la actitud de la Argentina con respecto a la guerra europea.

Sobre todo, la actitud que debía tomarse con respecto a su futuro desenlace. Ya en el año '43, se hacía más o menos evidente que Alemania e Italia, llevarían las de perder.

Pero también era evidente que eso no era motivo suficiente, ni argumento válido para declararles la guerra.

El problema no era tan simple, porque por otra parte, tampoco teníamos nada que ganar con esta postura. Salvo un puesto en la cola de los imperialismos triunfantes.

A mí, personalmente, no me parecía compensación suficiente.

En cuanto a los motivos de tipo ideológico o sentimental, eran muy relativos. En ambos bandos teníamos motivos suficientes para no sentirnos identificados. No debemos olvidar que Italia estaba del lado del Eje y la población ítalo-argentina es enorme.

Es más, mucho más. La guerra mundial fue una magnífica oportunidad que no podíamos desaprovechar, para reasumir nuestra plena soberanía.

Era evidente que nuestros "países tutelares" no estaban en condiciones de "controlarnos", en esos momentos.

No la dejamos pasar. Pese a que se desató una campaña tremenda en todo el ámbito de opinión dentro del país y en el exterior en pro de que nos alineáramos del lado de nuestros "tradicionales aliados" no lo hicimos.

Por ese entonces, yo había iniciado un inadvertido pero implacable accionar, desde el antiguo Departamento del Trabajo.

Había pedido que se le diera la categoría de Secretaría de Estado, con el nombre de Secretaría de Trabajo y Previsión.

Poco a poco, los dirigentes obreros se acostumbraron a llegarse hasta allí y a ser tratados como amigos.

Unos trajeron a otros y estos a terceros. Al poco tiempo, teníamos el respeto y la confianza, cuando no la simpatía, de casi todo el disperso cuadro del sindicalismo argentino.

Pero, cuando estábamos muy bien encaminados en estas cosas, el presidente, general Ramírez, pretextando que eso consolidaría la revolución, no encontró mejor cosa que romper relaciones con el Eje. Una macana grande como una casa.

Fue una medida totalmente inconsulta con respecto a los mandos militares. Como consecuencia de eso, lo "reemplazamos" en la presidencia por el general Farrell, un hombre de nuestra confianza.

Mientras estas cosas ocurrían, yo seguía avanzando en el terreno que realmente me interesaba.

La Secretaría de Trabajo y Previsión, era ya una verdadera "asamblea permanente" de trabajadores y dirigentes. A todos se los escuchaba y a todos se les daba una solución. O por lo menos, se dejaba bien en claro que intentábamos dársela.

Así nació, una corriente de confianza entre nosotros, que el tiempo se encargó de demostrar hasta qué punto era verdadera.

Bueno, el tiempo pasa y la guerra en Europa toma un cariz dramático. Alemania está prácticamente perdida y esto cambia el panorama de su propio accionar. Nosotros, no hemos perdido el contacto con Alemania, pese a la "ruptura" de Ramírez.

Así las cosas, nos llega un extraño pedido.

Pese a que pueda parecer contradictorio en un primer momento, a Alemania le "conviene" que nosotros le "declaremos la guerra": si la Argentina se convierte en "país beligerante", tiene derecho a entrar en Alemania cuando se produzca el desenlace final; esto quiere decir que nuestros aviones y barcos estarían en condiciones de prestar un gran servicio.

Nosotros contábamos en ese momento con los aviones comerciales de FAMA y los barcos que le habíamos comprado a Italia durante la guerra. Hicimos como se nos pidió. El presidente Farrell, declaró la guerra, previa reunión de gabinete a tal efecto.

Así fue, cómo un gran número de personas pudo venir a la Argentina.

Toda clase de técnicos y otras especialidades con que no contábamos en el país, pasaron a incorporarse al quehacer nacional.

Gente que al poco tiempo fue muy útil en sus distintas especialidades y que de otro modo nos hubiese llevado años formar.

Poco tiempo después, cuando ya en el gobierno, tomamos a nuestro cargo los ferrocarriles ingleses, más de setecientos de esos muchachos venidos de Alemania, entraron a trabajar para nosotros.

Ni que decir, en las fábricas de aviones militares y civiles, u otras especialidades. Fue un aporte sumamente útil para nuestra naciente industria. Esto, lo sabe muy poca gente, porque a muy poca gente se lo dijimos.

Nosotros en esos momentos preferíamos hacerles creer a los imperialismos de turno, que habíamos cedido finalmente a sus solicitudes beligerantes. Para ese entonces, nos convenía hacer un poco de "buena letra", sobre todo para ganar tiempo.

No faltó, por supuesto, un grupo de estúpidos que nos acusaron de "debilidad". Esa pobre gente que nunca entiende nada de lo que pasa.

Pero, nosotros proseguimos con nuestra labor.

En el terreno social, creamos los Tribunales del Trabajo, con lo que conseguimos por primera vez en esta parte del mundo, la igualdad de condiciones entre los obreros y los patrones ante la ley.

El Decreto sobre Asociaciones Profesionales, les dio a los Sindicatos una nueva dimensión en la vida nacional.

Los Estatutos, de muchísimos gremios; las vacaciones pagas; la prevención de accidentes de trabajo, y finalmente, el aguinaldo, terminaron por traer a nuestro lado a la casi totalidad de la masa trabajadora. En adelante, confiaron plenamente en nosotros.

Y puedo decir, que nosotros nunca defraudamos esa confianza.

Además de estas medidas, extendimos el régimen jubilatorio, a todos los trabajadores del país.

En la mecánica de la lucha sindical, impusimos la elaboración de los convenios colectivos de trabajo.

En suma. En tres años de labor constante, conseguimos mejorar más las condiciones de vida de los trabajadores, que lo que se había conseguido en casi un siglo de lucha. Y sin derramar una sola gota de sangre argentina.

Pero lo más importante de todo, no fueron las mejoras que íbamos obteniendo, sino la conciencia de su propio valer que fuimos despertando en el alma de la masa trabajadora.

Pero la oligarquía, no tuvo ni siquiera la visión de acompañar el proceso. Lejos de ello, se emperró en poner todo de su parte para tratar de impedirlo. Esa fue la carta de triunfo que puso en mis manos. Al atacarme a mí, personalmente y sin quererlo, me colocaron en la cúspide.

El pueblo trabajador identificó mi nombre con su lucha por mejorar su nivel de vida. Instintivamente me respaldó con toda su lealtad.

Además, a esta verdadera ola de torpezas, agregaron un ataque masivo contra los militares y todo lo que fuese militar. Esto también nos favoreció. Mis camaradas, muchos de los cuales no compartían nuestro punto de vista, viéndose atacados, se apoyaron en nosotros. O por lo menos se abstuvieron de atacarnos abiertamente.

Bueno, así estaban las cosas, en ese momento crucial del enfrentamiento por el poder, cuando hace su aparición en el panorama político nacional, el elemento que define toda la situación a nuestro favor.

El nuevo embajador de los Estados Unidos en la Argentina, Spruille Braden, presenta sus credenciales al Gobierno. Desde su llegada, una ininterrumpida serie de torpezas cometidas por su parte, fue colocando del lado nuestro los factores que necesitábamos y que aún no estaban definidos.

Comenzó, por reunirse diariamente y sin ocultar-lo, con todas las cabezas de la oposición oligárqui-ca. Se hizo "asesorar" por ellos. Después de un tiempo, pidió verme a mí. Yo no tenía inconvenien-te, así que nos vimos.

Hablamos de "bueyes perdidos" y luego nos despedimos. Supongo que querría "estudiarme". Pidió otra entrevista y la misma cosa. Yo no mos-traba mi juego y él no encontraba cómo empezar. Finalmente, otro día, vino a verme al Ministerio de Guerra. Pretendió "explicarme" lo que, a su juicio, según dijo, "debía hacer el gobierno argentino".

Si yo era "buenito", a cambio de mi "compren-sión" era posible que los Estados Unidos no "veta-ran" mi eventual candidatura presidencial.

Yo le contesté duramente, que eso era colocar al país en una situación de dependencia. Una espe-cie de resurrección del "protectorado". Y agregué: "Yo entiendo que, el que le haga eso a su país, es un 'hijo de puta' ".

Braden, se levantó y se fue. Sin despedirse.

La guerra estaba declarada entre nosotros. De allí en más sería "o Braden o Perón".

Yo, ya para esa época, contaba con el inestima-ble apoyo de Evita. Siempre he sido muy remiso a hablar sobre ella. Más que eso, creo que es la pri-mera vez que lo hago en esta forma.

Yo entendí enseguida, qué era realmente Evita.

Era puro amor por el pueblo.

Era una maravilla. Una muñeca de belleza, acompañada de una tremenda fe. Esa fe, estaba depositada en su amor al pueblo y en su amor por mí. Porque en mí, veía ella la encarnación de ese amor popular.

Porque, fue eso. Fue amor, lo que nos unió al pueblo, a Eva y a mí. Juntos iniciamos el camino. No fue fácil para ella. Había luchado desde abajo.

Un día llegó, al lado mío; era una chiquilla. Tenía luz en los ojos. Era capaz de todo, por su pueblo. Luchó hasta morir por ellos. Hizo de su vida lo que quiso el pueblo.

Hizo una entrega total y absoluta. Tanto fue así que le costó la vida. Ella se fue en su momento. Yo me iré en el mío. Pero lo que hicimos no se puede destruir con la muerte.

Cada uno de los tres, el Pueblo, Eva y Yo, en el otro que subsista, vivirá, y el pueblo será el que nos sobrevivirá.

Pudo ser una princesa. Pudo tener el mundo a sus pies. Pero, prefirió ser la madre de los pobres y los descamisados. De los niños desamparados y de los ancianos. Era realmente una santa.

Los humildes la adoraron y ella tomó como único precio por su vida, ese cariño. Lo prefirió a cualquier otra cosa en el mundo. Esta elección, la hizo ella sola. Absolutamente.

No le fue fácil, pobrecita. Era una mujer muy frágil físicamente. Pero dio todo de sí.

Nunca esperó nada ni pidió nada. Nos quiso y eso fue todo. Nunca nos dejará. Y siempre la necesitaremos.

Ella también nos necesitó tanto.

Estará siempre con nosotros.

Siempre.

Bueno, después vino la "Marcha de la Libertad".

Para que se tenga una idea de lo que fue eso, basta decir que uno de los "manifestantes", fue el propio Spruille Braden.

La concurrencia se dedicó a cantar estribillos contra mi persona, Evita y algunos funcionarios del gobierno.

De tanto en tanto, interpretaban también "La Marsellesa".En francés, por supuesto.

Yo personalmente nunca he visto a un obrero argentino cantar "La Marsellesa" en francés. ¿Usted sí?

En fin, como colofón de la "demostración" que acababan de dar, una delegación de "notables", se presentó al jefe de la guarnición de Campo de Mayo. Lo convencieron de que "presionara" al general Farrell y exigiera que se escuchase "la voz del Ejército".

Yo, por mi parte, invité a todos los jefes·de la guarnición a que nos entrevistásemos en el Ministerio de Guerra.

Vinieron al día siguiente.

Allí los recibí y les dije que Campo de Mayo no era la voz de "todo el Ejército".Que quería una reunión más amplia. Con todos los jefes de la guarnición Buenos Aires y que si yo resultaba en minoría, me retiraría. Pero, si resultaba en mayoría, se retirarían ellos. Dicho esto, se retiraron "con el rabo entre las piernas". Pero, al día siguiente, cobraron valor y pusieron a Campo de Mayo en "pie de guerra".

A mediodía llegó el jefe, general Avalos, a la capital. Se entrevistó con Farrell y le pidió que se trasladara de vuelta con él. Después de algunas demoras, fue para allí. Le pidieron terminantemente mi renuncia. Era el 9 de octubre de 1945.

En principio, Farrell aceptó. De todos modos, si no aceptaba, le pedirían la renuncia suya y entonces sí que se pondría fea la cosa.

Yo quise facilitar las cosas y entregué mi renuncia a los cargos de vicepresidente, ministro de Guerra y secretario de Trabajo y Previsión. La deposité en manos del general Pistarini que era mi amigo. Por cuerda separada, pedí mi retiro de la actividad militar.

Hecho esto, me fui a mi casa a descansar, donde al cabo de un rato me vinieron a visitar algunos amigos. Eva estaba conmigo. En la tarde del día siguiente, Avalos fue designado ministro de Guerra. Ese mismo día, una nutrida delegación de dirigentes sindicales me vino a ver a mi casa para expresarme su total solidaridad.

Allí quedamos en que me despediría de los obreros, en un acto a realizarse al día siguiente, frente al edificio de la Secretaría de Trabajo y Previsión. Muy bien, así lo hicimos y al cabo de unas horas, cuando ya caía la tarde, hablé ante una verdadera multitud de trabajadores.

Los exhorté a tener fe y mantenerse unidos. A estar dispuestos a la lucha, para mantener sus conquistas, si fuera necesario.

Para finalizar, les dije que en adelante podían contar conmigo al lado de ellos en esa lucha, como un trabajador más. Para terminar, de allí me fui al Departamento de Policía a despedirme del general Velasco que había renunciado en solidaridad conmigo.

Desde luego que después de esto, la oligarquía pidió mi arresto "inmediato". Esto fue al mismo día siguiente. Farrell se resistió, al principio. Pidió tiempo. Pero le dijeron que si no procedía en el acto sería reemplazado. En fin, tuvo que ceder.

Mientras tanto, en las calles, se producían choques entre obreros y elementos de provocación contratados. Se creó deliberadamente un clima de violencia.

Se buscaba el pretexto para eliminarme del panorama, de cualquier forma. Por el lado nuestro, Evita y sobre todo Mercante, se estaban moviendo con mucha eficacia entre los muchachos de la Confederación General del Trabajo. Así que decidí dejar las cosas en manos de los amigos y me retiré con Evita a una casa en el Tigre.

Allí me llegó, el 12 de octubre, la orden de detención.

Me llevaron a Buenos Aires. Allí me despedí de Eva que estaba hecha un mar de lágrimas en el puerto, porque me embarcaron para la isla de Martín García. Le pedí a Mercante que cuidara de Evita y le reiteré que dejaba todo en sus manos y en la de los muchachos de la C.G.T.

El Gabinete Nacional, había renunciado, así que las noticias del día, tomaron estado público dando la impresión de que todo estaba perdido para nosotros. Tres días después, arrestaban a Mercante también.

Era el fin.

El día 16 de octubre, se reunió la Comisión Confederal de la C.G.T. Era un martes. Dispuso una huelga general para el día jueves 18.

Pero, de esto, la mayoría de los trabajadores ni se enteró. No estaban para esperar un día más. Movidos al unísono, por un maravilloso y poderoso vínculo, se lanzaron a la calle en las primeras horas del día 17, arrasando todo cuanto se ponía a su paso.

Piquetes de obreros se apostaron espontáneamente en las entradas de las fábricas y talleres. Invitaban a sus compañeros a no entrar y, en cambio, dirigirse a Plaza de Mayo. Nada ni nadie lo había dispuesto así de antemano. Fue el resultado puro de la improvisación.

La "huelga espontánea" corrió como un reguero de pólvora. De una fábrica pasaba a otra y de allí a un taller. A veces, los obreros desde la calle vociferaban en las puertas, hasta que salían los pocos que, por confusión, habían entrado a trabajar.

Yo, por mi parte, ese mismo día había sido trasladado al Hospital Militar Central, debido a una bronquitis.

Allí, tuve la alegría de comunicarme por teléfono con Evita, que me infundió ánimo y me instó a tener fe.

Mientras tanto, miles y miles de hombres y mujeres, cruzaban la avenida General Paz, desde las zonas industriales: Matanza, San Martín, Vicente López, etc.

Caminando, en su enorme mayoría, algunos en camiones, otros en vehículos de las propias fábricas que habían "decomisado". Además de muchos tranvías que fueron tomados y conducidos a la plaza por sus propios guardas.

No había jefes ni soldados, todos eran "compañeros".

Llegó una "orden" de levantar el puente de Avellaneda. Tarde, ya lo había pasado el grueso de los trabajadores de la zona sur. Pero igual, desde Gerli, Banfield, Quilmes y Lanús, en botes o lanchas y luego a pie, marchaba a la Casa de Gobierno, el *ejército de los trabajadores*.

Sin armas. Uniformados únicamente por sus ropas de trabajo y por sus manos callosas de obreros. Muchos con las herramientas de trabajo en los bolsillos de sus mamelucos. Otros con el almuerzo de mediodía en un paquete de bolsillo.

Todos. Eso sí, todos, con la irrenunciable decisión de no regresar a sus hogares sin obtener mi libertad. En las ciudades del interior, ocurría otro tanto.

A mediodía, la Plaza de Mayo estaba repleta. Al caer la tarde, ya no cabía un alfiler.

Era el basamento social del país que afloraba. Era el país subyacente que la orgullosa gente de la "clase dirigente" no conocía. Era el pueblo argentino, fuente de toda soberanía, mando y poder legítimo, sin cuya aprobación nada es válido.

Yo, por mi parte, seguía preso en el Hospital Militar. Mercante, que había sido llamado desesperado por Avalos, vino a verme y me informó de todo. Lo habían llamado a Casa de Gobierno, pero en el camino consiguió escabullírseles por unos minutos. Estaba eufórico. Su fe era contagiosa y nos llenó a todos de la seguridad en el triunfo.

Otras informaciones, nos llegaron informándonos de que el paro en el Gran Buenos Aires, era total.

Al caer la tarde, Farrell me llamó por teléfono proponiéndome una negociación. Nosotros, que ya estábamos al tanto de todo, decidimos que lo mejor era esperar para tener todos los triunfos en la mano. Mercante ya estaba de regreso de la Casa de Gobierno y decidió quedarse con nosotros.

Estábamos deliberando, cuando se presentó el general Pistarini. Venía de parte del presidente. Me transmitió en su nombre que yo había ganado la partida. Sólo me pidió que fuese considerado con el general Avalos. Muy bien, yo le garanticé su persona, con la única condición de que desapareciese del panorama de inmediato. Así fue.

Se convino una reunión con Farrell en la Residencia Presidencial y allí fuimos. Conversamos amigablemente y al cabo de un rato terminó por poner todo en mis manos y decirme que, en adelante, yo decidiera.

Así fue que nos trasladamos todos a Casa de Gobierno, cuando ya estaba entrada la noche.

Bueno, allí me encontré con un espectáculo grandioso. La plaza entera vociferaba y pedía mi libertad. Cuando se anunció que iba a hablarles, la ovación duró varios minutos.

Me presenté en el balcón y saludé. Tuve que esperar un largo rato antes de que me permitiesen hablar.

Los tranquilicé y les prometí que en adelante estaría junto a ellos para siempre. Les pedí confianza, trabajo y unión.

Que se cumpliera con el paro dispuesto para el día siguiente, pero en el mayor de los órdenes y festejando el triunfo de todos.

Les dejé mi corazón y me despedí de ellos.

Ellos se despidieron de mí, dejando en mi visión el espectáculo más maravilloso a que pueda aspirar un hombre que ha consagrado su vida a la Patria: el amor del pueblo. Después de unos minutos nos retiramos. Me despedí de Farrell y me fui a buscar a mi compañera. Eva me esperaba para retirarnos unos días a una quinta a descansar.

Había terminado el 17 de octubre. El día más importante de mi vida.

El día en que quedó sellada definitivamente nuestra unión con el pueblo. Una unión que no se quebraría jamás.

Definitivamente, el pueblo había tomado conciencia de su propio valer. Entendió claramente que mientras se mantuviera unido, sería invencible. Ese día, habían caducado todos los esquemas políticos tradicionales y en medio de ese clima comenzó la repechada electoral definitiva.

Bueno, debo decir para finalizar que la oligarquía siempre tuvo un defecto más desarrollado que los otros varios que la adornan: su tremenda ceguera.

No entendieron en absoluto lo que acababa de ocurrir en el país. No le hicieron caso. Ni siquiera se detuvieron a analizarlo. Esta nueva demostración de su torpeza, fue definitiva para ellos.

Se unieron precipitadamente en un confuso "paquete" de partidos políticos tradicionales. Allí entraron desde los conservadores de la época del fraude, pasando por los radicales y socialistas, hasta los comunistas de la línea de Moscú.

Se titularon Unión Democrática y recibieron públicamente la bendición de Braden, que escribió desde los Estados Unidos, para "adherirse". Tuvieron, desde luego, una cálida acogida en la denominada "prensa independiente".

Nosotros no contábamos con ningún partido político armado, ni mucho menos con estructuras electorales organizadas y los medios de difusión al unísono, estaban contra nosotros.

Pero teníamos los sindicatos obreros, que movían mucha más gente y con más fe que todos los "comités" tradicionales. En base a esto, formamos nuestro Partido Laborista.

Además y como "postre", para esos días, le sacamos al gobierno un aumento general de salarios. Y para el mes de diciembre, el "aguinaldo".

Aunque parezca increíble, las fuerzas patronales, cometieron nuevamente el error de oponerse a estas mejoras. Esto provocó un enfrentamiento con las organizaciones laborales que nos permitió colocarnos, cómodamente, del lado de éstas.

No se concibe mayor torpeza. Dos meses antes de la elección, se las arreglaron para que quedara nuevamente bien en claro, que las conquistas obtenidas, solo podían subsistir bajo nuestro gobierno.

Después de muchos tira y afloja y de una huelga general, la patronal terminó por pagar todo. Sueldos y aguinaldo. O sea que pagaron y encima quedaron mal. Bueno, no hacía falta nada más.

Pero no. Todavía hubo algo más.

Esto fue algo que realmente cuesta creerlo, pero ocurrió. Un diplomático de carrera, argentino, dirigió una carta a Braden, que estaba en los Estados Unidos, exponiéndole que los aumentos de salarios y el aguinaldo se habían otorgado ¡contra la voluntad del pueblo! Finalizaba su "mensaje" con un pedido de *intervención*, del gobierno de Norteamérica, para poner remedio a éstas y otras situaciones.

La carta tuvo estado público, e inmediatamente la oligarquía se sintió alentada a hablar de la posibilidad de una intervención militar. Es increíble hasta dónde puede llegar la falta de escrúpulos de esa gente.

Es en medio de ese clima, cuando se produce la llegada a Buenos Aires del famoso "Libro Azul" publicado por Braden.

En ese "libelo", se acusaba a una gran cantidad de civiles y militares argentinos de haber sido "nazis" durante la guerra. Por supuesto que yo encabezaba la lista.

La cosa estuvo tan mal manejada, que prácticamente pareció como si se quisiera acusar al país entero. No a un determinado sector. Esto, aparte de la monstruosidad que significa el hecho de que un diplomático extranjero se inmiscuya groseramente en los asuntos internos de un Estado Soberano.

Bueno, de allí en adelante, se colocaron los términos de la opción electoral en un punto ideal para nosotros.

Denunciamos la ingerencia extranjera y lanzamos el "slogan", que nos dio el triunfo definitivo:"o Braden o Perón".

Como el libro de Braden se llamaba "Libro Azul", yo hice publicar nuestra réplica en un libro que llamamos "Azul y Blanco", como los colores de nuestra bandera.

Esto ya era definitivo, no hacía falta realmente nada más.

Terminamos nuestra campaña con el acompañamiento masivo de la clase trabajadora y con el amparo incontrastable de estar defendiendo la Soberanía Nacional. Pueblo y Patria, ambos de nuestro lado.

A la semana siguiente ganábamos las elecciones en todo el país. Fue uno de los comicios más limpios que se recuerdan en la historia argentina.

Es a partir de entonces cuando comenzó una etapa decisiva en la lucha por la soberanía nacional y popular. Lucha que comenzáramos tres años antes, siendo un oscuro e ignorado oficial de nuestro Ejército. Lucha que continúo todavía y continuaré mientras me quede vida.

Cuando asumimos la Presidencia Constitucional de la Nación, yo contaba con 50 años de edad. Estaba en el mejor momento de mis posibilidades humanas y mentales.

Nunca fui un doctrinario cerrado. Siempre he sido un hombre de reflexión. Por eso es que nuestro gobierno nunca se supeditó a ninguna regla fija. Siempre hicimos lo que más convenía para nuestro pueblo en su momento.

Sin vacilaciones ni dudas. Esa fue nuestra mayor satisfacción y nuestro mayor acierto.

Así, también, nuestra mayor prevención, fue el no descuidarnos con la oligarquía. Estaba domada pero no vencida. En cualquier momento podía hacer un intento desesperado. Y bien sabemos que no repara en los medios a emplear.

Dimos amplia libertad a la oposición. En la prensa y en el Congreso de la Nación. Así como también en los Congresos de las provincias.

En lo político. Por nuestro lado, unificamos nuestro movimiento en un solo partido. Entraron a integrarse en él todas las corrientes que habían convergido en nuestra candidatura.

El movimiento obrero quedó definitivamente incorporado y, desde entonces, forma parte activa de nuestra estructura.

La Universidad dejó de ser un factor de perturbaciones y pusimos a los profesores a enseñar y a los estudiantes a aprender.

Reorganizamos la Justicia, que estaba en manos de sirvientes de la oligarquía, poniendo en su lugar hombres de honestidad y de trabajo. A los miembros de la Corte Suprema, que, entre otras cosas, habían tachado de "inconstitucionales" algunas de las medidas que tomamos para mejorar la situación de la clase trabajadora, los hicimos jubilar. No estaban en la hora que se vivía.

Lo mismo hicimos en el Ministerio de Relaciones Exteriores. Renovamos sus cuadros y nombramos a gente joven y emprendedora. Con ganas de trabajar por el país y no sólo de "pasear".

En el campo económico, llevamos adelante una política *estatizante y nacionalista*.

Nacionalizamos el Banco Central y creamos el Instituto Argentino de Promoción del Intercambio (IAPI). Ambas medidas tendientes a crear un control de los negocios Internacionales, por parte del país.

Creamos también las empresas de Gas del Estado y de Aerolíneas Argentinas. Compramos la Unión Telefónica y los Ferrocarriles británicos.

Además, expropiamos todos los elevadores de granos de propiedad privada.

Con éstas y otras medidas afines, se acabó en lo interno con la acción de los *monopolios comerciales internacionales*.

Al cabo de un año, pudimos proclamar solemnemente la *independencia económica nacional*, y poner en marcha en toda la República, el Primer Plan Quinquenal, que incluía, entre otras muchas obras, la construcción del gasoducto de Comodoro Rivadavia, el Aeropuerto de Ezeiza y cientos de escuelas en todo el interior del país.

En el orden de la "política casera", realmente no nos preocupamos demasiado.

Los partidos políticos controlados por la oligarquía, después de la derrota, se convirtieron en una sombra de lo que habían sido. Mientras tanto, los radicales, sacaban a la luz sus viejos resentimientos contra los conservadores. Además comenzaron a cuestionar todo lo que había ocurrido en el país desde 1930.

Realmente una idea infantil, poner en una misma bolsa todo, como si fuese la misma cosa.

Nosotros continuamos nuestro camino de la mano de quienes realmente contaban en todo esto: los trabajadores. Poco y nada nos interesaban las políticas "de comité" de la oposición.

Por medio de la Fundación Eva Perón, Evita nos acompañaba y ayudaba en las cosas de la gente más necesitada.

Tenía tiempo para todo y para todos. Abarcó todo el país, a lo ancho y a lo largo. Eso sí, siempre empezaba por los que estaban en peor situación, los más humildes.

La Fundación, construyó "policlínicos" y "casas de salud", "centros de recreación" en Mar del Plata y Córdoba y mil otras obras en el interior del país. Todas absolutamente gratuitas.

Fue también por su iniciativa e intervención entusiasta como se consiguió la igualdad plena ante la ley, de todos los argentinos. Otra de sus conquistas: el voto femenino.

Para finalizar, en 1949 se reformó la Constitución Nacional y se incluyeron en ella los Derechos del Trabajador, de la Familia, de la Ancianidad y de la Cultura.

Se insertó también el famoso artículo 40, por el que se aseguraba la nacionalización de la energía, los minerales, el gas natural, el carbón, el petróleo y los servicios públicos.

Durante aquellos primeros años, a los Estados Unidos los teníamos "en penitencia". De todas formas, ellos también nos habían puesto a nosotros.

Así que aprovechamos para restablecer relaciones diplomáticas con la Unión Soviética. De paso los hicimos rabiar un poco a los "yankis". Y, de paso también, demostramos, ante el mundo entero, nuestro propio poder de determinación.

Al cabo de un tiempo, iniciamos un acercamiento. Tanto como para que nuestras relaciones fuesen por lo menos "cordiales". Realmente era estúpido seguir con la pelea. Y, por otra parte, ellos, ya habían abandonado la idea de "aconsejarnos".

Eso sí, dejamos muy en claro ante el mundo nuestra posición.

Ese fue el nacimiento de la Tercera Posición, que en su tiempo era la precursora de lo que después se llamó Tercer Mundo o política de "no alineamiento". Es la misma cosa.

En el aspecto continental, mantuvimos las mejores relaciones con nuestros hermanos de Latinoamérica. Especialmente con nuestros países vecinos. No se recuerda en nuestra historia una época de mayor entendimiento.

Ni qué decir con España. En este sentido, tuvimos una relación que podríamos defini. como de "íntima amistad".

En una palabra; el principio de *Autodeterminación de los pueblos* y la *solidaridad continental* por sobre todo.

Con el pasar del tiempo, el pueblo trabajador, nos acompañó con una solidaridad entrañable. Pero, a pesar de esto, un reducido grupo de malos militares, al servicio de la oligarquía, produjo un intento golpista en los finales del año '51.

Justo cuando el país se disponía a concurrir a elecciones generales.

Bueno, fueron fácilmente controlados por las fuerzas leales.

Los responsables que no pudieron escapar, como muchos lo hicieron, fueron alojados en la cárcel por corto tiempo. Debo hacer notar, que no se maltrató ni fusiló a nadie. Y nadie puede achacar a nuestro gobierno ninguna cosa por el estilo.

Otra fue, cuando años más tarde, los papeles se invirtieron.

En fin, a los dos meses fuimos a elecciones generales, como correspondía por la Ley, para renovar el Poder Ejecutivo y el Congreso Nacional. También se renovaron los gobernadores y los Congresos Provinciales.

Ganamos nuevamente por amplio margen. En el orden nacional y en todas las provincias. Así, iniciamos nuestra Segunda Presidencia en el año 1952.

Debo recordar, con enorme pena, para cerrar esta etapa, que ese año perdimos a Evita.

Dejó un vacío enorme en nuestros corazones y fue en adelante un símbolo y una bandera. Una bandera eterna de lucha para los humildes y los trabajadores.

Así, en un ambiente de la mayor felicidad y bienestar popular, se desarrollaba nuestra segunda presidencia, cuando la oligarquía volvió, otra vez, a las andadas.

Una ola de conspiraciones y atentados terroristas, algunos con bombas, dejaron un saldo de trabajadores y sus familiares muertos. Uno de los más trágicos fue, probablemente, la bomba que pusieron en la Plaza de Mayo, en la boca de un subterráneo, en un día de fiesta popular.

Ese fue el nacimiento del "terrorismo y la violencia" como táctica política en nuestra patria. Desde entonces, es un mal crónico de nuestra sociedad.

Ante la imposibilidad de enfrentarnos por la vía legal, se recurría a los métodos de los primitivos anarquistas y ácratas de principios de siglo. Toda la responsabilidad de esta violencia y de la que siguió, es de la oligarquía argentina y el capitalismo internacional.

Nosotros dimos, todavía en el año 1954, una prueba más del apoyo popular con que contábamos.

El candidato a vicepresidente de la Nación de nuestro movimiento obtuvo las dos terceras partes de los votos, en la elección nacional de ese año.

Pero la oposición ya había tomado su sangriento camino. Sólo las armas y la violencia podían conducirla al poder. En esa senda continuaron. Además, ya para ese entonces, la oligarquía contaba con un nuevo y secreto aliado.

En realidad, siempre había sido su cómplice. Sólo que había simulado una aparente neutralidad por razones de conveniencia.

Pero en el fondo de su corazón siempre había estado del lado de los poderosos sectores oligárquicos: la alta clerecía de la Iglesia Nacional.

¡Ojo! y mucho cuidado. Que la baja clerecía, los curas de parroquia, estaban con el pueblo. Siempre estuvieron con él. El problema vino con "los de arriba", con los que se visten "de colorado".

Estos no surgen del pueblo. No pertenecen a él. Ni lo entienden. Son la "aristocracia" de la Iglesia. A estos señores, se les unió un pequeño grupo de oficiales del ejército y otros de la aeronáutica.

Con la marina era otra cosa. Siempre la oligarquía pudo contar con ella.

Movida por su espíritu "aristocratizante", la marina había estado desde el comienzo en contra nuestra y a favor de la oligarquía. Así se forjó el nuevo "frente de la oposición". Con los elementos que acabo de agregar, sumados a los "terroristas" que ya venían operando con anterioridad.

Movidos por la mayor buena fe, pretendimos un acercamiento con todos los sectores del quehacer nacional e hicimos un llamamiento público en ese sentido.

Fue una pérdida de tiempo. La escalada terrorista continuó y finalmente desembocó, el 16 de junio, en una "masacre" de pueblo en plena Plaza de Mayo.

Allí se habían reunido los trabajadores con sus familias, para un acto al aire libre, cuando fueron bombardeados por aviones de la marina y la aeronáutica.

Fue un acto salvaje que causó cientos de muertos. El pueblo trabajador, recibió serenamente el impacto. Lejos de producirse represalias o desmanes, imperó el mayor de los órdenes en los barrios obreros de Avellaneda, Lanús, Beriso, Ensenada, etc.

Nunca se había visto nada parecido en nuestro país. Realmente estábamos todos paralizados de horror. Por la noche, bandas de terroristas incendian algunas iglesias en el Barrio Norte, sede de la oligarquía.

No cabe duda de que los agentes de la provocación, procedían de este mismo barrio.

Ningún trabajador participó de esos hechos. Ningún templo fue atacado en los barrios obreros o en el interior del país. Sin embargo, la oligarquía y sus aliados trataron de endilgarle al gobierno la responsabilidad de esos hechos.

Nadie les creyó. ¿Cómo iban a hacerlo?; si era clarísimo, que en las zonas en que nuestra gente era inmensa mayoría, había imperado el mayor de los órdenes. Ni siquiera en las "provincias pobres" del interior se alteró.

Pero a pesar de ello, y con el objeto de traer un poco de calma al ambiente, ofrecí mi renuncia. Creí que con mi retiro personal, podría prestar un último servicio a mi país.

Lejos de bien interpretar nuestro gesto, creyeron ver un signo de debilidad en esa actitud. Redoblaron sus ataques y continuó la escalada de sabotajes y atentados clandestinos. Finalmente, en el mes de septiembre de ese mismo año, una sublevación militar nos despojó del gobierno.

La oligarquía, triunfante, se instaló en el poder.

Desde allí, desató una verdadera persecución popular. Las "bandas terroristas" fueron rebautizadas como "comandos civiles" y se "encadenó" nuevamente a nuestra Patria.

En realidad, nosotros no "caímos" del gobierno en el año '55.

El movimiento rebelde militar de Córdoba estaba derrotado y las tropas leales al gobierno eran muy superiores a las rebeldes. Fui yo, espontáneamente, que decidí ahorrarle al país un baño de sangre y una guerra civil.

Yo había visto las guerras europeas y toda su destrucción. No quise eso para mi patria. También hubiese podido tomar otras medidas para reprimir y aplastar la rebelión.

Pude convocar a los trabajadores a defender a su gobierno y ponerles un fusil en la mano. Pero mucha gente hubiese muerto, gente del pueblo sobre todo.

Hoy, viendo lo que ha hecho esa gente, hay veces que me arrepiento de no haberlo hecho. Pero no. Eso es sólo por un segundo. No estoy arrepentido. Volveremos. Volveremos igual. Y con las manos limpias de sangre a la Argentina.

Más tarde o más temprano, pero volveremos. Y tendremos tranquila nuestra conciencia.

El pueblo se mantuvo leal y fiel hasta el final. Aún hoy, después de tanto tiempo, permanece junto a nosotros.

Los que nos desplazaron del gobierno, fueron los mismos de siempre. Los oligarcas y sus patrones: los grandes monopolios internacionales. El capitalismo apátrida. Son los que gobiernan desde entonces, a través de personeros y acólitos a su servicio.

Pero la historia nunca se repite. Ni perdona. Caerán nuevamente. Y sobre el peso tremendo de su derrota, caerá sobre ellos, como una lápida, el juicio inexorable de la historia.

LA PERSECUCIÓN

Vino el exilio.

Los días penosos de la persecución diplomática internacional. El deambular por los países de América. Algunos gobiernos nos recibían, a pesar de las "presiones" de Buenos Aires.

Con ciertas reservas, por supuesto, pero por lo menos no nos molestaban. Además, no teníamos ni un centavo. La gente no conoce las pequeñas miserias de los exilios. Pero es así.

Recuerdo que algunos amigos conseguían juntar unos pesos y con eso lográbamos pagar los hoteles.

Otros, en cambio, se hacían "los burros".

Esas son las miserias del poder. La "ropa sucia" de la grandeza.

Por ese entonces, ya estaba con nosotros Isabel. Compañera inestimable. Abandonó todo para seguirme en este calvario.

Sin pedir, ni esperar nada a cambio. Todo estaba perdido. ¡Qué podía esperar ella! Fue para mí invalorable.

Así fuimos pasando de un lugar a otro. En ningún lugar nos dejaban tranquilos.

Los diplomáticos de la revolución se ocupaban, apenas llegábamos, de buscar que nos echaran de ese país. Además de exigir que se nos confinara y prohibiese hablar. En eso estábamos cuando estalló la revolución del 9 de junio de 1956.

Un sector importante del ejército, que había permanecido leal al pueblo, intentó retomar el poder para devolverlo a sus auténticos representantes.

El movimiento tuvo muchas fallas de conducción y fracasó. Pero eso no fue lo peor. El país entero recibió, en represalia, un tremendo baño de sangre.

Se fusiló y se asesinó a cientos de militares y civiles, en la Capital y en el interior del país. La mayor parte de ellos fueron tomados sin siquiera las armas en la mano.

Fueron días de pesadilla. La resurrección de los tradicionales métodos sangrientos de los liberales. Habían vuelto al gobierno y sus métodos no variaban. Hacía un siglo que no se fusilaba en la Argentina.

Eran los de siempre. Los de las manos tintas en sangre argentina.

Después de esto, tuvimos que marchar nuevamente. Esta vez nos recibió Santo Domingo.

Trujillo nos trató con buena voluntad y realmente tuvimos un momento de relativa paz en ese país. Nos llegó algún dinero y por lo menos no pasamos angustias.

Todo cuanto yo tenía en este mundo había quedado en la Argentina y el gobierno de la oligarquía había expropiado todos mis bienes. En fin, de todas maneras, no era una gran fortuna que digamos. Bueno, allí estábamos cuando nos sorprendió el proceso político que desembocó en las elecciones presidenciales del año '58.

Nuestro movimiento, que seguía siendo la inmensa mayoría, había sido declarado "fuera de la ley" y se le habían confiscado todos los bienes partidarios. Nosotros no corríamos. La C.G.T. estaba intervenida y no nos dejaban presentar ni siquiera en las "elecciones gremiales".

Se prefería entregar un gremio al comunismo antes que a nosotros. Cuando conseguíamos presentar una lista con alguna "manganeta", ganábamos lejos.

Si no nos presentábamos, ganaba cualquiera con un puñado de votos. De todas formas seguíamos conservando la orientación de los gremios, por medio de la C.G.T. "negra".

Una especie de "paralela" no reconocida por el gobierno; pero sí por los obreros. Las bases y los delegados se mantenían inamovibles a nuestro lado.

Ellos tenían las "sedes" de los gremios, nosotros los obreros.

Cuando se vino encima la fecha fijada para el comicio presidencial, ya los más inteligentes se daban cuenta claramente, de que ganaría el que nosotros apoyásemos. No podríamos presentarnos pero podíamos decidir quien ganase.

Bueno, con éste y otros motivos, tuvimos varias visitas en Santo Domingo.

Algunos llegaban movidos por un sincero propósito de olvidar diferencias y trabajar hacia un futuro de libertad y democracia. Muchos de nuestros antiguos adversarios estaban profundamente decepcionados del movimiento "Libertador" de su patria.

Teníamos una decisión muy difícil por delante. Si nos absteníamos o votábamos en blanco, dejábamos el camino abierto a los "candidatos" de la dictadura militar. Si apoyábamos alguno de los candidatos de los partidos minoritarios, que la revolución había permitido presentarse, para "hacer número" y darle un barniz de legalidad al acto, corríamos el riesgo de entregar nuestro caudal a quienes, una vez en el poder, podían ser nuestros enemigos.

Una decisión difícil. Realmente.

En esto jugó un papel decisorio el grado de confianza que nos merecía la personalidad del hombre que auspiciaba la candidatura del doctor Frondizi. El señor Frigerio, era el principal asesor del candidato de la U.C.R.I.

Un hombre que había sido nuestro adversario, pero que proponía un olvido de agravios y una marcha hacia el futuro en una Política Nacional. Sin persecuciones ni revanchismos.

Cuando faltaban pocos días para el acto electoral, enviamos nuestra determinación a los compañeros. La directiva de apoyo a Frondizi fue transmitida por nuestra propia gente.

La clase trabajadora, dando una ejemplar demostración de disciplina partidaria, votó masivamente por nuestro candidato, dándole el triunfo en todo el país y sin perder un solo distrito electoral.

La totalidad del Senado y las dos terceras partes de la Cámara de Diputados fueron para la U.C.R.I.

Bueno, para cerrar esta etapa, debo agregar que, posteriormente, cuando ya la revolución había tenido que "tragarse el sapo" de entregar el gobierno, el señor Frigerio cumplió con su palabra. Tuvimos la satisfacción de que se nos permitiese trasladarnos a residir en España.

Y no sólo eso, al cabo de un tiempo pudimos tener nuestra propia casa en Madrid y vivir en relativa paz. En esto también intervino Frigerio.

No quiero abundar en la serie de desencuentros que siguieron. Lo cierto es que a Frondizi no lo dejaron gobernar. O por lo menos no lo dejaron gobernar en paz. Los "gorilas", por supuesto.

Los "gorilas", eran el sector de ideología más "bestial" de la oligarquía.

Ni a él, ni a los que lo siguieron los dejaron en paz. Todos los días les traían un planteo nuevo. Hasta las designaciones de los ordenanzas de Casa de Gobierno tenían que pasar por los servicios de informaciones militares.

Lo sacaron a Frondizi. Vino el Dr. Guido. Tampoco lo dejaron hacer nada. Cada "dos por tres" sacaban los tanques a la calle y se presentaban en la Casa de Gobierno a los gritos. A exigir alguna cosa.

Lo mismo le hicieron al Dr. Illia. Un personaje minúsculo, que llegó a Casa de Gobierno con el veinte por ciento de los votos. Claro, no había respaldo popular, mal podía haber autoridad.

Bueno, este hombre para lograr algún respeto, recurrió a una táctica realmente curiosa, se "hacía el viejo". Tenía sesenta años y simulaba tener ochenta. No le sirvió de nada, igual lo sacaron de una oreja.

Pero antes de que los echen, los radicales, se ocuparon de hacer un daño realmente grande. Atrasaron el proceso de explotación petrolera del país en veinte años, por lo menos.

Si no fuese por esa estupidez, la Argentina podría integrar, para estos días, la O.P.E.P. y tener completamente solucionados todos sus problemas comerciales.

Bueno, finalmente en el año 1966, como Ud. sabe, se han instalado nuevamente en el gobierno.

Nunca quisieron otra cosa. Era evidente que no iban a dejar gobernar a nadie. Todos los políticos eran o comunistas o peronistas o marxistas o ladrones. Y lo peor es que así va a ser siempre.

Por que la verdad cruda y sencilla es que quieren el poder para ellos. Y se acabó.

Nosotros, en lo personal, no tenemos más que palabras de agradecimiento para con el pueblo y la nación española. Aquí nos hemos sentido, casi, como en nuestra propia casa. Hemos viajado por Europa y yo personalmente he dedicado casi todo mi tiempo a estudiar y perfeccionar mis conocimientos.

Me hubiese gustado terminar mis días en mi patria. Ha sido lo que más he querido en la vida y quisiera que me entierren en ella. Pero, si no fuese así, mala suerte, no es tan grave tampoco. Lo importante en la vida es lo que se deja a los demás. No donde deja uno los huesos. Eso sí, también me gustaría morir con mi uniforme de soldado.

Ahora mi amigo, como el gobierno actual es militar, tendremos que hablar de los militares. Los conozco perfectamente. Este "paño" lo conozco muy bien, no se olvide que yo "he sido sastre".

Ellos no están definitivamente a favor ni en contra de nada.

Unos pocos se oponen a nosotros y otros muchos los siguen. Eso es todo. Siempre ha sido así. La mayoría se deja llevar por una minoría. Por los más activos.

El día de mañana irán para otro lado completamente distinto. Todo depende de quien los conduzca. Están acostumbrados a obedecer y obedecerán.

Los cuadros son de "clase media", cuando no "modesta". Ya no es como antes, cuando la oficialidad superior se "seleccionaba" en determinados círculos fuera de la institución.

Desde 1943, las cosas son de otra forma. Prácticamente cada arma se controla a sí misma. Eventualmente, si llegara el caso, creo que apoyaría un *gobierno popular*.

No son enemigos del pueblo, son parte de él. En su momento, se cansarán de ser "utilizados" por la oligarquía.

Volverán con el pueblo. No tienen alternativa. No pueden estar cómodos con esa gente.

Esa gente, la oligarquía, recibe dinero del capital extranjero. Gente que defiende a ese capital antes que a su patria.

Y no quiero decir lo que ocurre cuando se trata de tomar los bienes del Estado. Bueno, esos no son "de nadie". Por lo que forzosamente deben ser para ellos.

El Estado es de ellos. Al pueblo no le pertenece nada. Tiene su trabajo y es suficiente. Los bienes públicos son como si se tratara de un señor muy rico al que se puede robar impunemente. No se defiende. Bueno, no puede defenderse. Quien debe defender al pueblo, son las Fuerzas Armadas. Para eso están. Algún día se darán por enteradas.

Los dueños del país son ellos. Los oligarcas. Son los dueños de su pasado, su presente y su futuro. Y mucho cuidado con tocar nada. Esto está organizado así desde hace un siglo y así debe seguir.

Es "su país". No el nuestro. El nuestro es otro. Un país incomprensible para ellos y que no les interesa comprender.

A veces, cuando aflora de sus cimientos, les resulta algo realmente asombroso. Lo observan aterrorizados, como si fuera una aparición de otro mundo.

Algo así les pasó del 17 de octubre del '45 en adelante.

Y, hablando de la oligarquía, una de las cosas que más le preocupan es el movimiento obrero.

Cada año está más fuerte. Después de soportar valientemente la carga que se llevó después de mi caída, ha ido recuperando terreno año tras año.

Hoy día, ya no es posible encarar ningún plan de futuro, en el contexto político-económico del país, sin su presencia y su opinión.

Los dirigentes de la primera hora, poco a poco han sido reemplazados, por una razón lógica, por gente más joven. Esta generación joven de conductores, es de una calidad y una preparación maravillosas.

Nosotros estamos permanentemente en contacto con ellos.

Puedo asegurarle también que los delegados más jóvenes, los que tendrán la conducción el día de mañana, son mejores todavía. Tenemos toda nuestra fe, en el futuro de la patria, depositada en esos jóvenes trabajadores.

No importan las circunstancias que les toque vivir. Ellos soportarán todo, en la buena y en la mala, pero nada ni nadie podrá destruirlos. Son invencibles. El futuro del movimiento está en sus manos.

Será una lucha larga y penosa. Pero tenga fe, mi amigo, en que triunfaremos. Inexorablemente. Así lo señala la historia, un pueblo movido por la fe, es invencible. Nada ni nadie puede con él.

Y nuestra causa es la causa del pueblo, así como, nuestra bandera es la azul y blanca de la Patria.

Nuestro movimiento, tanto en el orden gremial como en el político, es un movimiento gregario. Por eso da la impresión, equivocada, muchas veces, de ser un tanto disperso. Pero no es así. Es perfectamente coherente y se mueve con un gran sentido de unidad.

Ha sido y es, por expresas instrucciones nuestras, que, en ciertas oportunidades, algunos sectores, o sus dirigentes, adoptan posturas que son interpretadas como "indisciplinadas".

El sector gremial, o determinados gremios, según el caso, han tenido que colaborar con gente que no es de nuestro pensamiento.

No importa, eso es *estrategia*. Lo que importa es la defensa de nuestras posiciones y el fortalecimiento de la organización.

Lo mismo ocurre con los políticos. Algunos han formado agrupaciones que se han dado en llamar "neo-peronistas", otros lisa y llanamente se han incorporado a partidos afines al nuestro.

Así es como nos hemos convertido en una "pesadilla electoral" para los liberales. Nos "vetan" y nos presentamos con otro nombre, o con un partido paralelo. Partidos provinciales o partidos nacionales, lo que sea.

Cada vez que se habla de elecciones, el barco se les llena de agua por los cuatro costados. Tienen que vetar y volver a vetar. O de última, tienen que anular las elecciones que ellos mismos convocaron y controlaron.

Finalmente cuando pierden los estribos, terminan por tomar el gobierno e instalar una dictadura.

Mil veces lo intentarán y el resultado será el mismo.

Hasta que un día, no tengan más remedio que entregar el gobierno al pueblo. Ese día reuniremos a todos los dispersos en un solo y formidable movimiento y marcharemos de la mano hacia un futuro de felicidad y bienestar. Sin resentimientos y sin rencores, todo el pueblo unido para siempre.

Nosotros demostramos que se puede vencer a la oligarquía. Y cómo se debe hacer para vencerla. Además hemos dejado las estructuras para destruirla. No han podido "desmantelar" esas estructuras.

Por último, tenemos los hombres, las doctrinas y encima, la razón. Están perdidos y ellos lo saben. Por eso es que se desesperan con sólo oír nuestro nombre. Y es en esa desesperación que cometen las mayores torpezas.

Atropellan al pueblo. Persiguen a la juventud. A los trabajadores. En fin, cometen más y más errores con el tiempo.

Unos para tratar de arreglar los anteriores. Y así se hace la "cadena". Están terminados. Y lo saben.

Ya falta poco. Es el fin. Así será mi amigo. Yo tal vez no esté con ustedes, pero Ud., sí estará para verlo. Esté seguro.

No creo que yo viva mucho más. Estoy ya viejo y ni siquiera lo pretendo. Pero una cosa puedo garantizarle, *el futuro es del movimiento nacional.*

Aunque nos derriben mil veces, mil veces volveremos.

El pueblo es eterno. Y nosotros somos el pueblo.

EL FUTURO

El futuro es nuestro.

Desde hace casi treinta años, nuestro movimiento obedece a una idea, a un pensamiento, a una interpretación de la evolución del mundo. En este mundo se producen normalmente dos grandes corrientes evolutivas.

Una es la profunda. La que, diremos así, va subterráneamente desarrollándose. Ésta obedece exclusivamente al *fatalismo histórico*.

Fatalismo histórico que no tiene desviaciones y que no tiene reversiones. Sigue su marcha.

Esa evolución del mundo nos ha llevado desde el individuo aislado, a la familia, al clan, a la tribu, al Estado primitivo, al Estado feudal, a la nacionalidad y ahora, ya estamos en el continente.

Pero con las puntas de los pies en el *universalismo*, que será la próxima etapa de la evolución integrativa.

Muy bien. Nosotros, los políticos, aunque yo de político no tengo mucho. Mi oficio es conducir. Conductor. Yo soy un hombre especializado en conducción. No he hecho otra cosa que eso. Bueno, y la política es una conducción.

Nosotros, decía, vamos en la periferia, acompañando esa conducción. Acompañando a través de sistemas.

Muy bien. A esa evolución correspondió el cambio medioeval en el siglo dieciocho. De los estados medioevales, por abajo, se pasó a la nacionalidad. Y por arriba, se pasó del estado medioeval al sistema demoliberal, capitalista y burgués.

El medioevo, duró casi cinco siglos. El demoliberalismo, que nace con la Revolución Francesa, ha vivido ya dos siglos, el XIX y el XX. Pero, se está agotando.

¿Por qué? No podemos negar que, en esta etapa del demoliberalismo capitalista, las ciencias y las artes, como las empresas, las maquinarias y todo eso, han progresado más que en los diez siglos precedentes.

Pero tampoco podemos negar que todo ese inmenso esfuerzo ha sido realizado sobre el sacrificio, el trabajo, el hambre y el dolor de los pueblos.

Ahora, los mismos medios científicos y técnicos que el sistema ha puesto a disposición del hombre, han esclarecido a los pueblos.

Y hoy los pueblos ya no aceptan el sacrificio.

Si se los somete al sacrificio, se rebelan.

Entonces. Tenemos que decir que ese sistema, está perimido para la humanidad. Debe nacer un nuevo sistema. Ahora. En esa evolución periférica, nunca los cambios de sistemas se han realizado sin pelear.

Para pasar del sistema medioeval al sistema demoliberal capitalista, fueron necesarios veinte años de guerras en Europa. Las guerras napoleónicas. Y cientos de miles de franceses, "pagaron el pato". Mucha sangre. Pero, el sistema cambió.

Hoy, estamos en la misma disyuntiva.

Claro, la lucha entre los que pretenden seguir manteniendo un sistema perimido, porque los beneficia, y los que quieren un nuevo sistema.

Este nuevo sistema, para nosotros los argentinos, se llama *Justicialismo*.

Que consiste, no ya en el sacrificio de los pueblos, sino en el esfuerzo mancomunado de todo el pueblo. Donde ese esfuerzo y la capacidad para realizarlo, estén justamente recompensados en su beneficio.

Eso es, para nosotros, el *Sistema Justicialista*.

Hace años, cuando decidimos unificar bajo un único nombre, la filosofía de nuestro movimiento, tuvimos que abocarnos a una ecuación bastante difícil.

El Socialismo, que era la índole específica de nuestra idea, estaba muy desprestigiado en nuestra patria.

Los partidos que se denominaban "socialistas" en la política tradicional de nuestra tierra, habían sido en los últimos años, los "aliados" predilectos de la oligarquía.

Las clases populares, como es lógico, desconfiaban de ellos.

Los habían visto convalidando todas las "trapisondas" de los últimos gobiernos, con su presencia en los parlamentos y con su permanente apoyo a la supuesta "legalidad" del régimen oligárquico.

Ni qué decir que, con su "caballito de batalla" del "ateísmo", se habían ganado la enemistad de la Iglesia.

No era, ni remotamente, el nombre indicado.

Alguien, de nuestro grupo de trabajo, sugirió lo siguiente: que siendo nuestra idea fundamental la *justicia social*, y no pudiendo usar el derivado de "social" por socialismo, tomáramos el derivado de *justicia*, Justicialismo.

Nos pareció brillante. Así quedó. Desde entonces así nos llamamos.

En realidad, es una forma nuestra. Una versión "criolla" del socialismo. Pero, eso sí, entiéndase bien, no debe confundirse con el socialismo imperialista de la Unión Soviética. El nuestro es un *socialismo nacional*.

En otros países, lleva también nombres distintos. Nombres que significan una fecha, por ejemplo, una fecha de significado popular.

O si no, un nombre, de un caudillo del pueblo. O simplemente se llama "popular" o "populista" o "de los Trabajadores".

En fin, en América Latina, los movimientos populares, eluden deliberadamente la palabra "socialista". En casi todos los casos por motivos muy parecidos a los nuestros.

Pero, eso sí, es absolutamente claro que nuestro movimiento forma parte de un gran proceso mundial, que marcha con el resto de la humanidad, hacia un *socialismo universal*.

Ahora bien, en el siglo XVIII, fueron veinte años de guerra para cambiar el sistema. Nosotros, hasta ahora, la llevamos barata. Todavía no hemos peleado mucho para cambiar el sistema.

Pero, tendremos indudablemente que luchar. Es una lucha menos cruenta, pero no menos intensa, la que se está realizando en el mundo actual.

Pero, el mundo va hacia nuevas formas. Es suficiente mirar para Europa. Bueno, en Europa Ud. tiene desde el *Socialismo Internacional Dogmático* de la Unión Soviética, hasta las monarquías socialistas del norte.

Entre esos dos sistemas, hay cientos de graduaciones del "socialismo" en el mundo.

Yo no tengo la menor duda de que en el siglo XXI, el mundo será socialista.

¿Cómo será socialista? Bueno, como fue Demócrata Liberal Capitalista. Porque, tampoco la democracia liberal capitalista, fue igual en todos los países. Fueron diferentes, debido a las idiosincrasias particulares de cada pueblo. Y a las necesidades y particularidades propias de cada Nación.

Eso mismo ocurrirá aquí. Por eso, estamos viendo que el socialismo, se practica en casi todas partes del mundo.

En Europa, está cada día más avanzado. Marcha hacia nuevas formas particulares.

Las repúblicas árabes, son todas repúblicas socialistas.

África se está liberando y organizando, sobre el mismo sistema.

Sobre el "nuevo" sistema. Llámesele populismo, socialismo o justicialismo, como quiera llamarle. El sistema es lo que interesa. El nombre es lo de menos.

Asia hace lo mismo, con sus socialismos "sui-generis". Porque, el socialismo chino no es igual al soviético. Ni el de estos con los otros socialismos.

Son formas socialistas que, indudablemente, se van imponiendo como nuestros sistemas. ¿Cuánto durarán esos nuevos sistemas? No podemos decir.

Lo que sí podemos decir es que van a durar menos que la democracia liberal capitalista.

¿Por qué? Porque si el feudalismo duró cinco siglos, el demoliberalismo duró dos siglos. Porque la evolución se acelera de acuerdo a los medios que la humanidad tiene hoy en sus manos para transitar y para comunicarse.

Es posible que este sistema dure, quizás, un siglo.

Hasta que llegue el *universalismo*. En cuyo caso, deberá cambiar. Yo, le doy el fin del siglo XXI como máximo de existencia a este sistema.

El siglo XXII ya será universalista. Será otro sistema el que reemplazará a éste.

¿Por qué? Y, porque si el Imperio Romano tardó un siglo en descomponerse y desaparecer, fue porque era la época en que se andaba en carreta.

Hoy, con velocidad "supersónica", con los "Jet", la Tierra se ha empequeñecido.

Lo que pasa en el Polo Norte diez minutos después se sabe en el Polo Sur.

No se ha empequeñecido en el espacio, pero se ha empequeñecido en el tiempo, que es lo mismo.

En todo este proceso, el justicialismo no es más que la interpretación filosófica de esa evolución y, en consecuencia, la creación de un sistema que permita satisfacer las necesidades y cumplir las posibilidades que la Nación Argentina ofrece.

Nada más que eso es.

Ahora, eso sí, nosotros somos la cabeza del movimiento nacional revolucionario.

A ningún partido o movimiento se le debe permitir colocarse en una actitud más "revolucionaria" que la nuestra.

El día que eso ocurriera, habríamos perdido nuestra "razón de ser" como movimiento, al ser reemplazados en la conducción popular. A los justicialistas que se coloquen en actitudes "conformistas" o "conciliadoras" para con el sistema imperante en nuestra patria, hay que expulsarlos del Movimiento sin miramientos.

Son enemigos del pueblo y por lo tanto, enemigos nuestros.

Ahora, piense Ud. que en este momento, en un mundo de 3.500 millones de habitantes, más de la mitad está hambrienta. Qué será dentro de veinte años: cuando esa humanidad, haya duplicado el número de habitantes a 7 u 8 mil millones.

Ese es un problema al que no podrá escapar nadie que viva en la Tierra.

Eso llevará indudablemente a declarar en el mundo como elementos críticos la comida, como elemento básico para la alimentación y las materias primas para la superindustrialización, que será otra de las características del siglo XXI.

Los países que tengan mayores reservas de eso, son los países del porvenir. Esa es nuestra esperanza. Los grandes países con inmensa evolución, han destruido la tierra, el agua y el aire.

Nosotros los "subdesarrollados", como nos llaman, tenemos todavía tierra, agua y aire y además materia prima. Y además comida.

Entonces; ¿a quién pertenece el futuro? Porque esos son los elementos críticos. Los dueños del futuro serán los que tengan a su disposición lo que los otros ya han consumido y que es indispensable para vivir.

Muy bien, esa es nuestra esperanza. Pero, no hay esperanza sin peligro.

El peligro es que en la historia, cuando los fuertes han necesitado materia prima o comida, la han ido a tomar donde esté. Y la han tomado por las buenas o por las malas.

Por eso hemos dicho que el año 2000, nos encontrará unidos para defendernos entre todos, o dominados si nos mantenemos dispersos.

Nosotros no podemos ignorar que, al terminar la segunda guerra mundial, se reunieron los vencedores en Yalta y allí se repartieron el mundo. Se trazaron una línea y dijeron: esto es para ustedes y esto para nosotros.

Desde entonces, los dos imperialismos dominaron dos grandes zonas de influencia. Como les llaman. En realidad, son zonas de dominio. No zonas de influencia.

Países satélites, como les llaman en realidad.

Países que pagan el tributo a la metrópolis, como ha sido siempre en todos los imperios. Muy bien. Hay, naturalmente una reacción. Tanto en Oriente como en Occidente. Contra ese dominio.

Todos se están rebelando.

Nosotros, pensamos que de eso nace, lo que nosotros llamamos en 1944, *la tercera posición*. Porque en esto hemos sido precursores los argentinos.

Cuando todavía no se había producido Postdam y no habían protocolizado su dominio sobre cada zona.

Nosotros dijimos: no, esto viene mal, nosotros somos partidarios de una tercera posición. No agrupados ni en el este ni en el oeste. Agrupados entre nosotros para defendernos.

Porque, al fin, las víctimas propiciatorias de estos dos grandes imperialismos que coparán todas las zonas de reserva, para satisfacer sus propias necesidades, seremos nosotros.

Unámonos para defendernos.

Esa tercera posición, lanzada en 1944 por nosotros, cayó aparentemente en el vacío. ¿Por qué? Porque "no estaba el horno para bollos".

Había terminado la guerra. Estaban los vencedores. Era difícil.

Pero, han pasado 25 años. Y yo observo, con una inmensa satisfacción, que las dos terceras partes de la humanidad, se tratan de integrar en el llamado *tercer mundo*.

Que no es más que la tercera posición en activo.

Nosotros, que somos en cierta medida precursores, en este orden de ideas, seguimos pensando en esa necesidad.

De allí la importancia extraordinaria que tiene el que nosotros podamos liberarnos de la acción y de la férula de los imperialismos. Nosotros del "yanki". Los otros del "soviético".

Y hacemos causa común con todos los pueblos que quieren independizarse. Los que nosotros llamamos del tercer mundo.

¿Para qué se ha unido Europa en 1958 a través del Tratado de Roma en una Comunidad Económica Europea?, ¿y establecido después un Mercado Común Europeo? Para defenderse de lo mismo.

Sólo que no lo han dicho. Por "diplomacia".

Pero yo no soy diplomático y puedo decirlo.

La verdad es esa.

La finalidad es la misma. Y los objetivos también.

Se dirá algún día la verdad. Que ahora no se dice por "prudencia".

Pero esa es la verdad.

Muy bien. La Argentina, debe retomar su papel histórico en el mundo y en la América del Sur.

Un papel que ha abandonado hace muchos años. Un papel que fue abandonado por la oligarquía en su ceguera.

Es nuestra razón de ser. Tendremos que volver a él.

Estamos allí. En el sur de las Américas. Cuidando nuestro puesto. Como un centinela.

Para eso se creó, se formó y se hizo nuestro país.

Por algo fue.

Algún día el mundo mirará hacia allí en busca de una esperanza, cuando todo parezca derrumbarse en esa parte del mundo.

Ese día, que no está lejano, será el día de la Argentina.

De la Argentina íntegra y total. De la Argentina del pueblo trabajador. De la Argentina subyacente, que será la única que subsistirá.

Porque es la verdadera. La nuestra, amigo Rom. Nuestra querida Argentina

A partir de la década del 70, no volví más a Madrid.

Así quedaron las cosas y la vida me fue llevando por otro camino. Y ese camino, no pasaba por Madrid. Abandoné completamente todo lo que fuera política.

No supe más de Perón. Salvo lo que publicaban los diarios, por supuesto.

No le escribí más tampoco. Teníamos un sistema de comunicación "vía Uruguay", pero la verdad es que no volví a usarlo.

Me aparté completamente de todo y realmente llegué a creer que allí había terminado todo.

Y a veces pienso que sí. Que realmente allí terminó. Porque no estoy muy seguro todavía de que el Perón que volvió en el año '72 al país, fuese el mismo de la década del '60, en Madrid.

Después del triunfo, en el año '73, no me mandó llamar, ni yo fui nunca a verlo. Me habían advertido, de todas formas, que era absolutamente imposible "penetrar" la barrera de sus "personas de confianza".

Todos los hombres de edad avanzada y que tienen un patrimonio importante, ya sea en dinero o en prestigio o poder, son invariablemente rodeados por estas "personas de confianza", que se dedican a "cuidarlos", con tanto celo que nadie puede verlos y que ellos tampoco pueden ver a nadie.

Si alguien se interesa por ellos le dicen "que se lo van a hacer saber", que "se vaya tranquilo" y que "no se preocupe" que ni bien esté en condiciones "lo va a mandar llamar" para que tengan el "gusto de verse".

Por supuesto que esto nunca ocurre, y si el "anciano" pregunta por tal o cual amigo suyo, que muchas veces es el que se acaba de despachar, le dicen que es "un ingrato", que "no ha vuelto nunca más a verlo". Que los únicos amigos que en realidad tiene "son ellos". Y si ellos, por algún motivo, lo dejaran "solo" estaría irremediablemente perdido, ya que él no puede bastarse a sí mismo y el "resto de la gente" lo único que quiere es "aprovecharse de él".

Pero la verdad es que no fue ese mi caso. Yo directamente, no volví a aparecer nunca más. Estaba además el inconveniente, para cualquier entrevista, de que yo no conocía a López Rega.

Nunca lo ví en Madrid, cosa bastante rara, y tengo la impresión de que, si estaba allí como dicen, sus funciones en esa época eran tan secundarias que no se le permitía el acceso a la parte "principal" de la casa.

En una palabra, que estaba recluido en las dependencias de servicio.

A Isabel la vi dos veces. Una de ellas, cuando nos sacamos unas fotos en el jardín, ella, Perón y una muchacha que nos acompañaba ese día.

Era y fue siempre una compañera invalorable para él. La gente no sabe la cuota de abnegación que debe el pueblo a Isabel.

Sin embargo, me encontré con Perón una tarde, durante un acto que se desarrolló en el Teatro General San Martín.

Estaba nuevamente a cargo de la Presidencia de la Nación e iba a inaugurar un curso del "Instituto Superior de Estudios Justicialistas".

Yo estaba en el Instituto, y tenía mi correspondiente platea. Cuarta fila.

En esa oportunidad ocurrió algo realmente muy especial. Durante toda la exposición fijó permanentemente los ojos en mí.

Era como si me hablase de nuevo en Madrid. Como hacía cuatro años. Yo estuve muy cohibido durante toda la disertación.

Cuando finalizó su exposición, vino directamente hacia mí y me dio la mano con mucha fuerza.

Se quedó con la mía agarrada y me dijo con una voz muy ronca: "¿Cómo está m'hijo?".

"Bien, mi General" le contesté con la poca voz que me salió de la garganta que tenía "hecha un nudo", y agregué: "¿y usted?".

No me contestó. Se quedó mirándome, con una expresión de cariño y profunda tristeza en los ojos, por unos segundos.

Me dí cuenta que me estaba dando "su adiós".

Sí, me dí cuenta de que se iba a morir y que él lo sabía. Como siempre "supo" todo.

En un segundo, una nube de custodios se lo llevó, prácticamente en vilo.

No lo ví nunca más.

Al poco tiempo murió.

Murió como él siempre lo había soñado. En su tierra y con su uniforme de soldado.

Han pasado cinco años más.

Corre la cinta por el "grabador" y escucho la voz de Perón.

Tomo la pluma y transcribo.

Tengo que hacerlo. Aunque sea lo último que haga en este mundo.

No puedo eludir mi responsabilidad.

Perón así lo dispuso.

Índice

Nota Preliminar 1
Introducción 3

La Patria 29
La Traición 49
La Entrega 89
El Pueblo 103
La Persecución 133
El Futuro 145

Índice 159

Este libro se terminó de imprimir el 25
de abril de 1989, con una tirada de
2.000 ejemplares, en Edigraf S. A.,
Delgado 834, 1426 - Cap. Fed.